U0608871

中国历代通俗演义故事·农闲读本

济公传

原著 郭小亭
编著 李清峰
插图 姚博

吉林出版集团股份有限公司

图书在版编目（CIP）数据

济公传／李清敏改编.—长春：吉林出版集团股份有限公司，2008.11（2023.8 重印）
（中国历代通俗演义故事：农闲读本）
ISBN 978-7-80762-925-2

Ⅰ.济… Ⅱ.李… Ⅲ.章回小说—中国—清代—缩写本 Ⅳ.I242.4

中国版本图书馆 CIP 数据核字（2008）第 165857 号

JIGONG ZHUAN

书　名　济公传
出版策划　崔文辉
责任编辑　刘　洋
出　版　吉林出版集团股份有限公司
　　　　　（长春市福址大路 5788 号，邮政编码：130118）
发　行　吉林出版集团译文图书经营有限公司
　　　　　（http://shop34896900.taobao.com）
制　作　猫头鹰工作室
电　话　总编办 0431-81629909　营销部 0431-81629880
印　刷　三河市金兆印刷装订有限公司
开　本　889×1194 毫米　1/32
印　张　6
字　数　103 千字
版　次　2008 年 11 月第 1 版
印　次　2023 年 8 月第 2 次印刷
标准书号　ISBN 978-7-80762-925-2
定　价　38.00 元
　　　　　（如有印装质量问题请与出版社调换。联系电话:18533602666）

前 言

济公的故事,对于我们大家来说早已经不算陌生。他放荡不羁的个性,破破烂烂的衣衫,随口哼唱的小曲,最喜欢的狗肉和美酒,还有那经典的"唵呢嘛叭咪吽"……作为济公的不可或缺的特征,早已深深地烙在我们脑海里。正是他如此随意的性情和泰然的处事方式,吸引着我们祖祖辈辈传颂济公,讲述济公的故事。

有关济公的故事传说,在南宋时代即已开始流传。先是凡俗神童李修缘或是得道高僧道济的一些富有传奇色彩的片段故事在民间耳闻口传,后来通过说书人的话本说唱,内容逐渐丰富。至清朝,郭小亭续前人《济公传》编成了二百四十回的长篇章回小说《济公全传》,济公的故事得以更加完善。

济公(1130-1209),原名李修缘,出生于天台山,是南宋禅宗高僧,法名道济。他的高祖李遵勖是宋太宗驸马、镇国军节度使。李家世代信佛,父亲李茂春和母亲王氏住在天台山北门外永宁村。李茂春年近四旬,膝下无嗣,虔诚拜佛终求得子。济公出生后,国清寺住持为他取俗名修缘,从此与佛门结下了深缘。父母双亡以后,他便前往杭州灵隐寺做了和尚,拜在当过国清寺住持的高僧瞎堂慧远(本书中的元空长老)门下，受其训诫，取名"道济"，嗣其法衣。济公的一生富有传奇色彩，他既"癫"且"济"，他的扶危济困、除暴安良、彰善瘅恶等种种美德，在人们的心目中留下了独特而美好的印象。这位文武双全、神通广大的和尚，总是摇着一把破蒲扇，到处行善，举止言谈疯疯癫癫，幽默风趣，让人忍俊不禁。了解济公事迹的人无不为他戏斗贪官恶霸，怒斩妖魔鬼怪，忍饥挨饿扶危济难等种种善举义行拍手叫好。

本书选取了《济公传》中比较有典型的故事加以改编，力求以简短的文字展现济公的故事。在本书的改编过程中，我们力求忠实于原著，主要的人物、情节以及章回安排均以原著为准。原著中连贯的章回故事涉及了许多的人名和事件，在本书的改编过程中，我们适当地略去了与主题故事关系不大的人名和事件，以完整地讲述每个不同的故事作为基准，尽量保持原著风格。

济公的故事集侠义、公案、神魔于一体，塑造了一个热心善良、一心为民、惩恶扬善的光辉形象，使济公成为民众脱离苦海的救世主，成为十全十美的道德化身。济公的故事所塑造的济公形象充分体现了劳动人民的智慧和某种社会理想，具有一定的社会意义。

编　者

目录

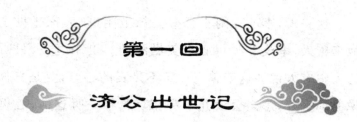

第一回

济公出世记

传说在南宋高宗皇帝的时候，朝中有一位节度使，叫李茂春。此人本来骁勇善战，最擅长的就是带兵打仗。后来他娶了心地善良的王家姑娘为夫人。夫人信佛，一心行善，讲究的是扫地不伤蝼蚁命。天长日久，李茂春也随了夫人的脾性，和夫人一起信佛。这有菩萨心肠本是好事，但用到带兵上，就捅出了大娄子。以前士兵犯错，李茂春总会严加惩办。自从跟夫人一心向佛后，对这些事情，他睁一只眼闭一只眼，不再认真追究，结果他带的军队便乱成了一锅粥。后来士兵们越发无法无天起来，逛窑子、赌博，什么都干。本来当朝的宰相秦桧就看李茂春不顺眼，这下正好有了借口，在皇上面前参了李茂春一本，李茂春便被罢官回家了。

李茂春回到浙江老家后，日子过得倒也悠闲，还经常捐些银子为乡里修桥补路。到了寒冬腊月天，李茂春就让仆人们去给穷人家送些棉衣、木炭。到了三伏天，李家门前就会排起长长的队，等着李夫人带着丫鬟们将熬好的绿豆汤还有中草药分给众人解暑。时间长了，街里街坊都管李茂春叫"李善人"。

这一天，李茂春闲来无事去街上闲逛，大家碰见了都叫他李善人，李茂春听得心里美滋滋的。逛来逛去，只听来往的人中有人说："这李善人一定不是真的心好，要是真像人们说的那么好，怎么会没儿子呢?"李茂春一听这话，心里一阵酸楚。晚上回到家，也是铁青着脸。夫人看见他这个样子，非常担心，就过来问长问短。李茂春就一五一十地将街上听到的说给夫人听。夫人一听，原来丈夫是因为没儿子生气啊，就和他商量说："要不你就纳几房小妾吧，总能添上几个儿子闺女。"听夫人这么一说，李茂春急了，忙对夫人说："夫人胡说些什么呢? 我哪是那样的人? 过两天咱俩斋戒沐浴三天，一块儿到天台山上那个国清寺里去拜拜佛，求佛祖赐个儿子。要是老天有眼，咱们一准儿能生个儿子。"李夫人听了，心里非常感动，忙笑着说："也好，就试试看吧!"

李茂春挑了个黄道吉日，就带着几个丫鬟、保镖和夫人上路了。一路上夫人坐轿，李茂春骑马，没多长时间就到了天台山下。只见眼前山高林阔，国清寺就坐落在半山腰上。到了山门外边，看见高高大大的寺门，非常气派。李茂春刚下马，就被门口的和尚们迎到客厅里，里面茶水都沏好了。原来这庙里的方丈叫性空长老，平日里能掐会算，早就知道是李员外要来上香，事先做了准备。李茂春夫妇二人喝完茶就开始张罗着上香。二人先来到大雄宝殿，边磕头边默祷："求求神佛显显灵，一定让我们生个儿子，好让李家能延续香火。要是佛祖能显灵，我们一准儿回来还愿，不但会重修庙宇，还会给您再塑金身。"祷告完了，他们又去别的屋里上香。

到了罗汉堂,拜到第四尊罗汉的时候,突然罗汉神像从莲花台上扑通一声掉到了正在磕头的李夫人面前,把李茂春夫妇吓了一跳。性空长老赶忙双手合十,走过来说:"善哉善哉,员外这次一定能生个儿子,过两天我就给员外道喜去。"李茂春夫妇听后满心欢喜。

李茂春回家后,果然没过多久夫人就怀孕了,又过了几个月生了个儿子。孩子将要出生的时候,院子里笼罩了一层红光,到处充满奇异的香味。李茂春心里就像打开了一扇窗户,非常欢喜。但是这孩子出生后就一直哭个不停,谁都哄不好。转眼到了大年初一,这天亲戚朋友都来庆贺,屋里正热闹,忽然外面有人传话说:"国清寺的方丈性空大师亲自贺喜来了。"李茂春一听,急忙出去把方丈迎进来。性空说:"恭喜恭喜啊,孩子怎么样?"李茂春说:"别提了,这孩子哪都好,就是爱哭,谁都哄不好!我正琢磨怎么办呢,大师有什么好法子没?"性空说:"这事儿好办,员外先把孩子抱出来给我瞅瞅,我来看看到底是怎么回事。"李茂春一听,赶忙把孩子从里面抱出来给性空大师看。小家伙五官清秀、品貌清奇,就是一个劲哭。说来也怪,性空大师走过来,孩子马上不哭了。再看一会儿,居然咧开嘴笑了。性空用手摸了小孩子的脑门念叨了几句:

"莫要哭,莫要笑,你的来历我知道;你来我去两抛开,省得大家胡依靠。"

那孩子听完,果然再也不哭了。性空说:"员外,我想收你儿子做个挂名徒弟,给他起个名字,叫李修缘怎样?"员外忙说好。把孩子抱进去，又出来给性空准备饭菜。吃完后，大家都散了。

光阴似箭，日月如梭，不知不觉过了几年。转眼李修缘就长到了七岁，这孩子既不爱说笑也不喜欢与村里的孩子玩耍。到读书年龄后，李茂春就请了一位叫杜群英的老秀才在家里教他，一块儿学习的还有两个小孩。一个是村里有名的大孝子韩成的儿子，叫韩文美，九岁；另一个是李夫人娘家八岁的侄子王全，他爹是兵部司马王安士。

三个孩子在一块儿读书，非常合得来。李修缘最小也最聪明，不仅读书能过目不忘，而且读起书来一目十行，非常神速。杜先生经常在人前夸他说："我这三个学生里面，将来最有本事、能当大官的，肯定是李修缘。这孩子脑子最好使。"李修缘十四岁的时候，四书五经、诸子百家已经背得滚瓜烂熟了，吟诗作赋更是小菜一碟。后来三个孩子要报名去参加科举考试，就在这节骨眼上，李茂春却突然病倒了，而且一病不起。李茂春临终拉着小舅子王安士的手交代说："好兄弟，修缘和你姐姐我就托付给你了，修缘的亲事我也早给定了，以后这家全靠你操持了。"又对李夫人说："夫人，我死后你也别太难受，照顾好修缘，一定得让他考取功名，也好光宗耀祖！"说完就离开了人世。

因为要给父亲守孝，修缘不能参加科举考试，除了陪母亲聊天，就天天躲在书房里看经书，这些书都是喜欢佛学的父亲留下的。日子在平静中过了两年，谁料天有不测风云，李夫人又突然得病去世。舅舅王安士帮着办完了丧事，便把李修缘带回自己家里。

一天晚上，同往常一样，修缘读完佛经之后，又去看了一下父母的牌位，回来便睡着了。梦中看到有人拉了他娘飞快地走，他跑着跟在后面追。突然一道金光闪过，一个黑黑的和尚出现在他的面前，对他说道："李修缘，你在人间已经做了十八年的凡人，难道还不清醒吗？别忘了你的责任，你是要做仙救人的。"修缘说："可是我连爹娘生病都救不了！谈什么救人？""哈哈哈哈！"和尚大笑，"你的父母做神仙去了，你却说要救，我问你，做仙不比做人好？"修缘一时糊涂了。和尚又说："先侍神佛，后得见仙！去吧！"金光一闪，就见一条巨龙摆尾飞上了天，修缘惊了一身冷汗。醒来后他便吵吵嚷嚷要出家做和尚，舅舅一家以为孩子一时瞎说，也没有理会。不料没过几天，修缘给舅舅留个纸条写了不必寻找的字样，然后到父母坟前烧了些纸钱，离家出走了。王安士开始以为孩子出去散散心，结果一连几天都不见外甥身影，这下王安士急了。修缘要是真做了和尚，可怎么向姐姐、姐夫交代啊！于是就拜托亲戚朋友、乡里乡亲的，请大家帮忙挨个寺院打听。赏银一涨再涨，却没得着半点关于修缘的消息。

李修缘从家里出走后，到了杭州就把钱花光了，去了几家小庙想出家，都被人哄了出来。这天，他饿得实在不行了，抱着试试看的心态来到西湖飞来峰上灵隐寺里拜见老方丈，说要出家。这方丈原来是九世比丘僧，叫元空长老。方丈一见李修缘，就知道他是西天金身降龙罗汉下凡，来普度众生来了。因为他现在是肉身，还不懂自己的身份使命，所以方丈用手打了他两掌把天门打开，他才知道自己从哪来，为什么来。看他开窍后，元空长老就收他做了徒弟，起个法名叫道济。道济是为了普度众生而下凡的罗汉，所以他的作风就不同于其他和尚。他一天到晚又疯又癫，庙里都叫他癫和尚，外面叫他疯和尚，还有人叫他济癫僧。不管是叫什么，这便是传说中的济公了。道济在外面行侠仗义，打抱不平，治病救人，劝人向善。不过回到庙里，他就变成另外的样子。他喜欢喝酒吃狗肉，但是没有钱，怎么办呢？偷！道济在庙里不论看哪个和尚有钱就偷了去花，有衣服的就偷出去当了，买酒买肉。要是碰到有人问他和尚应该吃素，为什么喝酒？济癫就会说："我修佛修的是一颗善心，不是修嘴！"按照规矩，庙里除了方丈，就数名叫广亮的监寺权力最大，济癫却不管这一套。看广亮新做了一件值四十吊钱的僧袍，济癫就悄悄拿来给当了，完事还把当票贴在寺庙大门上。广亮一看僧袍没了，马上派人到处搜寻，结果找到当票一张，还在门上贴着呢！这下，广亮被惹恼了，立马去找方丈告状说："那疯和尚不守规矩，总偷大家的钱和衣服，您可得管管他，好好教训一下。"元空长老说："这没有赃物也治不了他的罪，你要是能人赃并获，我一定重重罚他！"

广亮一听，心想好啊，那我就去给你抓个现行。于是派两个徒弟背地里算计怎么捉拿济癫。因为济癫平常都在大雄宝殿供桌上头睡觉，所以被派来的两个小和尚志清、志明每天都把这地方盯得死死的。这天，二人看见济癫从大殿里伸出半个脑袋来，东张西望了一会儿，又进去了。没一会儿，就看他怀里鼓鼓的，鬼鬼祟祟地走了出来。这二人立刻起了疑心。等济癫走到走廊，志清、志明突然从屋中跳了出来，大声喊道："好啊，你个济癫，你又偷了什么东西？这回看你往哪里跑！"

两人把济癫和尚抓住，推推搡搡一直来到方丈的房前。这下广亮乐了，就听他说："启禀方丈，咱们庙里那个老偷大家东西的惯犯济癫已经被抓来了，请您重罚。"元空长老一听，心里嘀咕上了：道济啊道济，你偷庙里东西可以，但你千不该万不该被他们抓住啊！这下好了，被逮个现形，我是想护你也护不了。这边吩咐众人说："把他带上来。"济公进了前厅就喊上了："我说老和尚你在哪儿呢？我可在这里忏悔呢！"济公见了方丈从来不行礼，元空也不在意，只是说："道济，你不遵守规矩，偷庙里的东西，你自己说我该怎么惩罚你呢？"广亮这边咬牙切齿地说："要我说啊，该砸了他的饭碗，赶出庙去，让他永远不能做和尚。"老方丈说："我自有分寸！"然后命令道济："把偷来的东西交出来吧！"济公还是嬉皮笑脸，说："师父，他们欺负我呢！我平时在大雄宝殿睡觉，因为打扫完没有东西盛垃圾，我只好用衣服兜出来，不信你们看看！"说着把腰带一解，哗啦掉了一堆土。老方丈看完又好气又好笑，说："好啊，大胆广亮！竟敢污蔑好人，拖下去狠狠地打！"听说要打监寺，和尚们纷纷跑来看热闹。而这时候济公自己呢？喝着小酒哼着小曲游西湖去了。

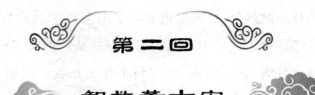

第二回
智救董士宏

一天，济公在西湖闲逛，忽然看见一个人正要上吊。济公掐指一算，心里便明白了七八分。原来这人姓董名士宏，原籍浙江钱塘县，为人特别孝顺。此人早年丧父，与母亲秦氏一起生活。后来娶妻杜氏，却早早过世了，留下一个女儿叫玉姐，女孩聪明伶俐。董士宏是锤金的手艺人，收入勉强养家。他女儿八岁时，秦氏染病不起，董士宏小心伺候，请医生看病。由于太穷，抓不起药，只好把女儿玉姐典在顾进士家作丫鬟，约定十年后赎回来，典银五十两给老太太养病。老母亲看不见孙女，心里着急，一个劲询问孙女哪里去了。几天下来，病情加重，过了七天便去世了。他用家中一些银两尽力厚葬了母亲之后，自己到镇江府一带谋生。十年转眼便过去了，董士宏好不容易积凑了六十两纹银，想把女儿赎出来，给她找个婆家，便收拾好行李，回乡替女儿赎身。

到了百家巷一看，顾家早就搬了。董士宏一问才知道顾老爷升官外任了，没人知道搬去了哪里。董士宏顿时心凉了半截。自己到处打听，也没有半点儿顾家和女儿下落的消息。这天，董士宏找到钱塘门外，去天壁街喝了两杯，不知不觉喝醉睡着了。出了酒店想要回住处，结果走错了路，把银子也丢了。等到酒醒，一摸身上发现银子不见了，董士宏一阵悲伤，心里越想越不是滋味，寻思这女儿也不能见面了，还不如一死了之。便来到树林，把腰间丝带解下来，拴上一个套儿，想要自杀。忽然对面来了一个和尚，嘴里说着："死了，死了，一死就了，死了倒比活的好，我要上吊。"解下腰带，就要往树上拴。董士宏一听非常吃惊，抬头一看，原来是一个蓬头垢面、衣着破烂的和尚。他问和尚为什么要寻死。济公说："我跟师父起早贪黑地化缘，好不容易才凑了五两银子。师父让我去买两身僧衣僧帽，我却喜欢喝酒，在酒馆多贪了两杯喝醉了，把五两银子全丢了。我想回庙见我师父，又怕他老人家生气。我越想越来气，觉得没法活了，所以来上吊。"董士宏一听，忙说："和尚，你为了五两银子，也不至于死。我这里还有散银五六两，咱们同是遇难人，我留了也没用，都给你吧！"他说完伸手掏出了一包碎银递给和尚。和尚接在手里哈哈大笑，说："你这银子不如我那些银子好，不但太碎了而且成色也差点。"董士宏一听，心里有点不高兴，心想："我白给你银子，你还嫌不好。"便对和尚说："和尚，你就凑合着用吧！"和尚答应一声，说："我走了。"董士宏说："这个和尚真不懂人情世故，我白送给他银子，他还说不好。临走连我姓都没问，也不知道谢我，真是无知啊，这世道！"

正在生气，一看和尚又回来了。和尚问道："我一见了银子全忘了，也没问恩公贵姓？为什么在这里啊？"董士宏把自己的遭遇说了一遍。和尚说："原来你也是丢了银子，父女不

"死了，死了，一死就了，死了倒比活的好，我要上吊。"

能见面，那你死吧，我走啦！"董士宏一听，说："这个和尚太蠢，连话都不会说。"和尚走了五六步又回来说："董士宏，你是真死还是假死呀？"董士宏说："我是真死，怎么了？"和尚说："你要是真死，就作一个人情吧！你这身衣服也值五六两银子，你死了也是叫狼吃狗啃的，白白糟蹋了，不如脱下来送给我吧。净光来净光去，不也挺好吗？"董士宏一听这话，气得浑身发抖，说："好你个和尚，你真懂交情！我和你萍水相逢，送你几两银子，反倒烧纸引鬼来了。"和尚拍手大笑说："善哉善哉，你别着急。你丢了银子就不想活了，也太不值了。我带你把女儿找着，让你父女见面，骨肉团圆好不好？"董士宏说："和尚，你在哪里参修？怎么称呼？"济公说："我在西湖飞来峰的灵隐寺修行，名道济，人们都叫我济癫僧。"董士宏见和尚口气不一般，连忙把腰带系上，说："师父你说上哪儿找去？"济公说："走！"转身带了董士宏往前走。两人进了钱塘门，走到一条巷里。济公对董士宏说："你在这里站着，一会有人问你生日岁数，你照实说。记住千万不要走开，我今天一定会让你们父女俩见上面。"董士宏答应了。和尚抬头一看，路北有一座大门，门口里面站着几十个家人，门上悬牌挂匾，一看就是当官的人家，济公走上前说："劳驾问一下，这是赵家吗？"那些家人一瞧是个穷和尚，就说："不错，我们这主人姓赵。你做什么的？"和尚说："我听人说，贵宅老太太病得严重，恐怕要死了。我特意前来见见你家主人，给老太太治病。"那些家人一听，便说："和尚，你来得不巧。我家老太太因我家小主人病重，心疼孙子，急上病来，请了多少医生都没见好。我家主人赵文会,最孝顺母亲了,见老太太病重,立刻托人请高明的大夫。有一位苏员外,字北山。他家也是老太太病了,请了一位绰号赛叔和的先生,姓李名怀春,据说医术高明,我家主人刚才去苏宅请先生还没回来呢!"

正说着,一群人从对面骑马跑了过来,为首的有三个人。头一匹白马上的人,长得俊秀,三四十岁的年纪,肤色较白,没有胡须,脚上穿着官靴,打扮得非常体面,这个人就是赛叔和李怀春。第二位是员外打扮,穿着绸缎衣服,脚上是官靴。这人长得慈眉善目,留着长长的胡须,非常潇洒,这就是苏北山。第三位也是富翁员外打扮,长得也很英俊。和尚看完,过去拦住马说:"三位慢走,我和尚恭候多时了。"赵文会在后面,一看疯和尚截住去路,忙说:"和尚,我们有急事,得先给老母治病。你要化缘改天再来,今天不行。"和尚说:"那不行,我不是来化缘的,听说您家老太太病得厉害,我许过愿,哪里有人生病,我就去给医治。今天我是特意来治病的。"赵文会说:"我这里请来的先生,是当代名医。你走吧,不用你。"和尚一听,回头看了李怀春一眼,说:"先生,你既然是名医,我就领教你一味药材治什么病。"李先生说:"和尚,你说什么药?"济公说:"新出笼的热馒头治什么病呀?"李先生说:"本草上没有,不知道。"和尚哈哈大笑着说:"你连这么重要的事都不知道,还敢自称是名医? 新出笼的热馒头,治饿,对不对? 你本事不行,还是我跟你去赵家帮个忙儿吧!"李怀春说:"好,和尚,你就跟我来吧!"赵文会、苏北山也不好意思拦住,便同和尚进了大门。

一群人来到老太太住的上房坐下，家里人端上茶来。老先生先给太太把脉，说："是痰瘀到嗓子眼了，得把这口痰弄出来才行。老太太年纪大了，气血都亏，用不了药。赵员外还是另请高明吧！"赵文会说："先生，我也不是你们医道这行的，哪知道什么人高明啊？你给推荐一个吧！"李先生说："咱们这临安城里，就我和汤万方二人还算可以。不过我们俩技术差不多，我治不了的他也够呛。"正说到这儿，济公说："你们先别着急，我来给老太太看看怎么样？"赵文会本来就是孝子，一听和尚的话，忙说："好，你来看看。"李怀春也想看看和尚的本事。济公来到老太太跟前，先用手在头上拍了两巴掌，说："老太太死不了啦，脑袋还硬着呢！"李怀春说："和尚，你什么意思啊？"济公说："好，我把这口痰叫出来就好了。"说着，走到了老太太跟前说："痰啦痰啦，你快出来吧！老太太快堵死了！"李先生在一边笑着说："这不是外行吗？"只见老太太咳出一口痰来。济公掏出一块药说："拿一碗阴阳水来。"家人把水取来。赵文会问："和尚，你那药叫什么？好使吗？"济公大笑，托着那块药说："这药随身用不完，不是散丸也不是膏丹，包治百病，是八宝伸腿瞪眼丸。"济公说着，把药放在碗里化开，又说："老太太是急病的，一口痰堵住了，你们给她好好养养，吃了我这药，马上就能好。"赵文会一听，寻思这和尚来头不小，原因都说对了，忙说："圣僧，你就行行好吧，我母亲因为心疼孙子才急来这场病。我有个小儿子刚六岁，得了一场怪病，昏迷不醒。我母亲一急，把痰急上来了。师父要是治好了我母亲的病，再求您老人家给我小儿子治治吧!"和尚叫人把药灌下去,老太太立刻好了。

赵文会赶紧过来给老太太请安,又给和尚磕头,求和尚给他儿子治病。济公说:"你儿子的病也能治,就是药引子难找。必须得有位五十二岁的男子,还得是五月初五生人;十九岁女孩,八月初五生人。二人的眼泪和药,才能治好。"苏北山和李怀春看和尚真有来头,就问和尚在哪里修行?怎么称呼?和尚一一说了。赵文会到外面派家人找五十二岁的男子,五月初五生人。大家找来找去,本家和亲戚朋友都没有。岁数对了,生日不对;日月对了,年纪不对。大家一直找到门口,看见外面站了一个人,年纪有五十来岁。家人赵连升赶忙跑过去问道:"老兄贵姓?"那人说:"我姓董名士宏,钱塘县人,在这里等人。"家人问:"老兄是不是五十二岁?"回答说:"不错。"又说:"是不是五月初五生日?"回答说:"对啊。"家人急忙过去拉着董士宏说:"董爷你快跟我来一下,我家主人正请您呢!"董士宏说:"你家主人怎么会认识我呢?这是怎么回事?"家人就把找药引子的事情说了一遍,两人一同进了里屋。大家互相介绍了一番,算是认识了。济公说:"快去找十九岁的女孩子,八月初五生的。"董士宏听到这岁数、生日和他女儿一样,不由得有点紧张。不一会儿,家人进来说:"姑奶奶的丫鬟春娘是十九岁,八月初五生的,把她找来了。"这时候外面进来一个女孩,董士宏一看,正是自己的女儿,心里一紧眼泪便下来了。姑娘一看是亲爹,也跟着哭了起来。和尚哈哈大笑,说:"善战善哉,我今天真是一举三得啊,三全其美。"立刻取出药来,放在手里,叫家人用二人的泪水把药化了,让人给赵公子灌下去。一会儿功夫,小孩子神清气爽,病全好了。

　　和尚便把董士宏丢银子上吊,自己救父女团圆的原委说给赵文会听。于是赵文会给了董士宏一百两银子,让他带春娘走。自己又给姑奶奶重新买了一个丫鬟。这时候李怀春一问,才知道和尚原来是灵隐寺的济公长老,不由得一阵羞愧。苏北山也赶忙过来给和尚行礼,请和尚大发慈悲给自己的母亲治病。和尚站起身来说:"我到你家里去吧!"苏北山说:"太好了。"赵文会也不好强留,就拿出白银百两,给济公做衣服。和尚说:"你要想谢我,把耳朵贴过来,要怎样怎样。"说了一通。赵文会说:"师父请放心,我那天一定到。"说完济公就同苏北山出了赵宅。董士宏父女对济公也是千恩万谢,跟着济公一行一直送出去很远很远。

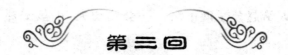

第三回

 周宅捉妖记

临安城内太平街上住着一家财主，姓周名景字望廉，外号周半城，据说是个百万富翁。周半城有个独生子叫周志魁，二十一岁了还没有结婚。周志魁长得非常帅，每逢提亲，总是高不成低不就。当官的人家姑娘不下嫁，小户人家姑娘还看不上眼，婚事就这样一直拖着，以致周员外七十多岁了，膝下就这一个儿子。这天周志魁忽然生病了，在花园书房里养病，请了许多高明医生都不见好。周员外心里很烦，一天晚上，自己点上灯笼要亲自到后花园书房查看儿子的病情。刚来到书房门口，就听屋里有男女欢笑的声音。周员外心里一惊："这肯定是婆子丫鬟勾引我儿子做见不得人的事。这还了得！真是败坏家风，我倒要看看是什么人！"周员外来到窗外，将纸窗戳破往里一瞧，这屋当中间是炕，炕上摆着小桌，有几样菜，还有一支蜡烛。他儿子坐在东边，西边坐着一个如花似玉的女孩，脸蛋白里透红，头上戴满了珠宝首饰。老员外仔细一看，认出来这女孩是东隔壁街邻居王成王员外的女儿，名叫月娥。老员外大吃一惊，心想："我和王员外是发小，也颇有交情，这两个孩子怎能做出这样伤风败俗的事!"自己也没敢进去，怕二人害羞没面子。

　　周员外转身回到前面上房，看到夫人后把灯笼熄灭，叹了一口气，说："夫人，你可知道咱儿子哪里是生病了，他和东隔壁王成的闺女王月娥，在那里吃喝玩乐呢，这可怎么办呀？"夫人说："员外不必着急，明天你亲自到他们家，找王贤弟谈谈，问问她闺女有婆家没有，如果没有婆家，赶紧托媒人去说。一来保住两家名声，二来也依了他们两人的心愿，也算是两全其美的事。"员外一听觉得有道理，两人便睡了。第二天早晨起来，吃了早饭，老员外换上衣服，便带着家人去拜访王员外。刚来到门口，就看见西面尘土飞扬，来了一队人马，一看正是王员外。看到周半城，王员外急忙翻身下马跟他行礼。王成说："好久不见，老哥最近好不好？"周员外说："老弟你上哪里去了？轿里是什么人？"王成说："轿里是你侄女王月娥，她在她舅舅家住了两个多月。因为我给她说妥了婆家，明天订婚，所以今天一早我特地去接她回来。"周员外一听，心想不对啊，昨天我还看见王月娥在后面跟我儿子喝酒呢，她怎么可能在舅舅家住了两个月？难道是我眼花了，认错人了？不可能啊！想完后说："老弟，你把轿子抬进大门里面，让我瞧瞧我这个侄女。"王成叫人把轿子抬进来。婆子把小姐的轿帘掀开，搀王月娥下轿给周员外行礼。周员外一看，果然跟昨天在书房看见的女孩长得一模一样，心想这下完了，我家院里那个王月娥不是妖就是怪，不是鬼就是狐狸精。一着急差点跌倒，幸亏有人扶住。王员外说："老哥，看见你侄女怎么会这样？"周员外说："老弟，我看见侄女，想起

17

你侄儿来了,现在病得很严重。"王成说:"这我还真不知道,过两天一定来看望他。"说完,两人道别。

周员外回到家里,一直唉声叹气。夫人一问原因,也跟着上火。员外说:"这可怎么办啊,咱老两口怕是活不成了。"夫妻俩正在烦恼,从外面进来一个叫得福的书童,大约十五六岁,非常伶俐,见状便说:"员外不必着急,在清波门外有座三清观,里面有个老道士叫刘泰真,擅长捉鬼除妖。员外把他请来,一准儿能把公子爷的病治好。"员外一听有理,赶紧吩咐备马,去请道士。到了道观把情况一说,老道原本就知道周家是大财主,因此连忙答应了。待送走周员外,老道马上吩咐道童拿道观里的一些还算值钱的物件去当铺把自己的道帽道袍赎回来,穿戴整齐了去周家捉妖。

老道穿了新衣服,到了街上自然是一阵显摆,结果碰到了济公。济公本来就知道老道要去捉妖,就骗他说自己也是去周宅捉妖的。两人便结伴前行。刚进周家,济公便嚷嚷着要喝酒吃菜,于是周员外大摆宴席招待两位。酒席上大家一唠,方才知道原来济公是不请自来的。员外以为济公是骗吃骗喝的和尚,非常生气,就让仆人把他拖了出去,结果和尚的韦驮也没来得及拿。

酒足饭饱后,老道便领着众仆人去后花园捉妖。酒席上,周员外把妖精的详细情形一说,老道心里不禁有点突突,心想以前捉的都是不入流的小妖,这个妖怪既然会变人形,道行一定不浅,还不定谁捉谁呢!俗话说吃人嘴软,道士既然喝了人家酒就得替人办事,所以只得硬着头皮上。

　　到了后花园，老道一阵作法。三道纸符烧完，只见狂风大作，一阵脚步声越来越近。老道原以为这妖精一定是龇牙咧嘴的红毛怪物，哪知道仔细一看，是一位面容姣好，杨柳细腰的大美人。那漂亮胜似瑶池仙子，就连嫦娥也比不上了。这美人直奔老道说："好个牛鼻子老道刘泰真！竟敢来捉你家姑姑！"众仆人一听，原来这妖怪不是外人，还跟老道是亲戚。老道早已经被吓得魂飞魄散，只有求饶的份。还没说上两句，妖怪便冲老道吐了一口黑气，老道顿时就死了。众家人吓得纷纷往桌子底下钻，喊着"姑姑饶命"，乱成一团。这时只听外面一声巨响，胆子大点的往外一看，一片红光，有位金甲天神站在门口，韦驮显灵了。

　　周员外在前院等了一夜，天一亮便匆匆到后花园来看怎样了。结果发现老道已经脸色发青躺在地上，死了。众仆人个个吓掉了魂，还在桌子底下哆嗦呢！好不容易一个个拉出来，就听大家七嘴八舌地讲述老道捉妖的经过。妖没捉成，老道却死了，周员外也没办法，只好吩咐下人报官验尸。回到前院看见韦驮，员外心想：这韦驮倒是不错，明明放在前院，自己还会跑到后院去显灵，该跟和尚商量一下把它买下来当镇宅之宝。这时就听和尚在外面叫门："我那韦驮有主人了，给多少银子也不卖。"员外一听，赶紧出来开门，却发现站的不是和尚，而是自己的拜把兄弟苏北山。苏北山便把济公的事说给周半城听，告诉周半城济公来这里的目的，一来帮着捉妖，二来取回韦驮。周半城听了自然是感激得不行，赶紧把老道捉妖反被妖精害死的事情和盘托出。现在二人

　　知道了原委,周半城便请苏北山把济公让进来。苏北山一瞧,和尚在墙根儿底下蹲着呢,便说:"师父,您请过来,跟员外见见!"周半城连忙上前赔罪,一路请进屋里,又吩咐安排酒席。济公说:"我今天捉完妖怪再喝酒,你带我们到后面去看看。"员外答应着,带大家去后院。

　　来到后面,看见老道正躺在地上,和尚说:"这老道八成是昨天遇到了亲戚。"仆人们便回答说是听到妖怪说自己是老道的姑姑。济公便要给老道救命,吩咐下人去取半碗开水,半碗凉水,拿块药给老道灌下去,老道果真就活过来了。老道一看眼前站着的都认识,脸上很是挂不住。和尚说:"员外,你给老道五十两银子让他回庙,好把当了的东西都赎回来。"员外照做,道士千恩万谢。回头问:"这位和尚的宝刹在哪啊?"员外说:"是西湖灵隐寺的济公活佛。"老道急忙磕头道歉。济公问:"以后还要不要替人家捉妖了?"老道说:"这次差点没把我命搭上,以后再也不敢捉妖了。"说完告辞回庙,吩咐不再接待捉妖的事情。

　　老道走后,济公说:"员外,我先给你儿子退鬼治病,然后再捉妖。"员外说:"好,多谢圣僧慈悲。"再看周公子,面无血色平躺在炕上。员外一看心里非常不是滋味,连喊了几声,儿子只是微微睁眼,也不答应。员外说,"我这个儿子一向风流,这几天跟换个人似的,脸上也没了光彩,像是老了十几岁,这可怎么办啊?"济公说:"不要紧,我给他吃点药就好了。"员外问:"圣僧,这什么药呀?"和尚说:"这叫要命丹,你儿子的命肯定是没了,拿我这药把命要回来。"和尚把药在嘴里嚼了嚼，用手扒开周公子的嘴给喷了进去。周志魁觉得和尚脏，想吐却没吐出来，只好咽下去。结果肚子咕噜噜一响，五脏六腑立刻神清气爽，仿佛从身上挪走一座大山。和尚说："周志魁，你爹几个儿子？"志魁回答就自己一个。和尚说："你既然知道只有一个，不孝有三，无后为大，你在花园以邪招邪，做这种事，我越说越来气！"说着照志魁的天灵盖就是一掌，结果周公子腿一蹬，断了气。员外一瞅吓坏了。和尚说："员外别着急，这不是你儿子死了，是冤气要散，必须得死一回。"员外只得听着。

说到周公子的病，原来是他自己招的。这天周公子在花园看书看累了，就站到阁楼上看花，忽然听到隔壁院里有女孩子说笑的声音。仔细一瞅，正是小时候的玩伴王月娥，此时已经出落得如花似玉，胜貂蝉赛西施了。周公子见了后便得了相思病，每天神思恍惚地念叨月娥。恰巧一个有两千五百年道行的狐仙从这里经过，看到了正单相思的周志魁，便善心大发想超度他。于是变作王月娥的模样来到周志魁的房间劝解。结果周志魁一见天姿国色的月娥便愣了，什么礼义廉耻全抛到了脑门后头，拉住月娥就不放她走。妖精本打算来劝解，见周公子死不放手，又见周公子长得很好看，自己一想："我为什么不偷他的真阳来补我的内丹呢？"便顺水推舟住了下来，天亮离开。如此反复，夜夜来访，周志魁的精神自然是一天不如一天，终于倒下了。

这下济公把他身上的冤气打散了，员外正在心疼，一边站着的苏北山也有点后悔带济公来，正在为难，见周公子慢悠悠醒过来了。济公说："我越瞧你越来气。"伸手又要打，被苏北山拦住。员外见儿子好了，也放了心。公子定了定神，要喝糖水，喝完妖气也散了。和尚说："我们捉妖去。"叫两个仆人把韦驮拿过去，两人去抬却抬不动。和尚说："我就知道你们抬不动。"说着把韦驮拿开。原来妖怪压在底下。只见一股黑风起来，正要作乱，济公大笑："好你个畜生，也不看看我是谁！"自己一拍天灵盖，立刻透出佛光、灵光、金光三光来，别人瞧济公还是凡人，但妖怪一看，吓得魂都没了。只见和尚有六丈高，头像巴斗，脸像獭盖，穿着铠甲，光腿光脚，活脱脱一位知觉罗汉。用金光一照，妖怪五百年道行没了。和尚摘下僧帽一撒，只见霞光万道，紫气千条，把妖怪罩住了。一阵狂风过后，妖怪现出原形。大家一看，是一只大狐狸，正跪在地下叫。俗语说人有人言，兽有兽语，这会儿狐狸正求和尚饶命："师父您别生气，弟子本想来劝解他，公子死死抓着不放，就算我不依他，他也是想死。您就发慈悲放了我吧，我以后再也不敢惹事了。"和尚听后拿起帽子说："好东西，我今天饶你这条命，你再落到我和尚手里，我一定用掌心雷劈你。"说完，妖怪就走了。

老员外见儿子也好了，把和尚请到书房摆酒，请苏北山陪着。喝了两杯，周员外把北山叫到一旁，商量如何答谢济公。商量完了回到书房，和尚还在喝酒。苏北山将商量的结果一说，济公说："好，这两天我正需要银子，和尚也得吃饭啊！"然后把周员外叫到一边附耳说："你要想给我银子，需要如此如此，千万不要错过。"周员外点头答应。于是济公等人辞别。

第四回

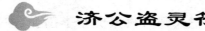

济公盗灵符

　　这天,西湖苏堤冷泉亭边热闹非凡,原来大家在看一个穿着破烂和尚衣服的老道。老道站在亭子里直嚷嚷:"李国元,李国元,不必去灵隐寺找济公,十两纹银交给我,腰里还带着三百六十钱。"道爷嚷了三遍,边上已经围得水泄不通,大家议论纷纷,弄得道士好没面子。这道士不是别人,正是三清观的刘泰真。大家正议论着,旁边来了两个人。一个说:"贤弟,你看济公真有先见之明。"二人走到跟前,老道一瞧,前面走的是富翁员外打扮,后面是一位文生公子。还没等说话,就听这位员外说:"你这老道可把济公害死了,你怎么能穿他这身衣裳呢? 他可就这一套衣裳。"老道说:"我哪敢害济公,是他把我害了,吃得我只剩下一条裤子。二位怎么称呼呀?"

　　这位文生公子就是李国元,家住临安青竹林四条胡同,既是财主也是秀才,娶了老婆蔺氏,非常贤惠,可是突然得了疯病,请了多少医生都没有治好。李国元很郁闷。他有个很知己的朋友叫李春山,在杜大夫家里教书。一天,李国元去找春山,提起了妻子得了病难以医治的事情。李春山说:"我们杜大人祠堂里,有一张五雷八卦天师符,是镇宅之宝。我要替你借,他肯定不借,我偷着给你拿来,你挂在家里,什么妖魔也都吓跑了。"李国元说:"好,等你弟妹病好了,我就给你送回来。"李春山便把天师符偷来交给李国元,并嘱咐说:"这可是我偷着借给你的,你可千万保管好,挂两个时辰邪退了就抓紧还回来。"李国元说:"好,我明天就送回来。"李国元拿了天师符出来,突然想起还没吃饭,便拐进一家酒馆。进去一看全是熟人,大家纷纷站起来给李国元让酒,李国元谢过了,自己单点了一桌,喝了几杯后突然想起来还没回让呢,就去那边让酒。让完回来一看,天师符没了。这可把李国元吓坏了,酒也不喝了,饭也不吃了,心想这丢了别的东西我还可以赔人家,这件东西有钱也没地儿买去。怎么说也是杜家的传家宝,要是被发现了,春山兄弟还不一准儿被辞退啊!急忙叫了伙计算账走人。

回到家中,李国元立刻派了几个心腹手下,私下查访那个盗符贼。没过多久,家人李升回来报告说:"我打听到了,刚才您在酒馆喝酒,东西被一个叫白钱的贼偷走了,三十两银子卖给了博古斋古玩店的老板刘掌柜。刘掌柜跟秦相关系很近,现在已经五百两银子卖给了秦丞相,挂在阁天楼镇宅呢!"李国元一听,这还了得,要是在古玩铺还可以花重金买回来,这落在丞相府,论人情势力都比不上人家,可怎么办呢?正在着急,有人敲门。开门一看是李春山的儿子少棠来了,进门便说:"方才你刚走,就听说杜大人家里明天有祭祀。我爹让我先把五雷八卦天师符拿回去,等过了明天,再拿过来给您用。"李国元说："你先回去，我刚才一挂不小心撕了一点，送到裱画铺修补去了，我一会就送过去，你不用再过来了。"李少棠走后，李国元更加上火了，正在为难，家人报告说赵员外来了。李国元出去一看是赵文会，两人知己之交，赶紧行礼说："好久不见啊，兄弟！"赵文会说："我今天来约贤弟先逛城隍山，回头去望江楼喝酒，再看看天下第一江。"李国元说："大哥，小弟今天不能陪你出去玩了，现在遇到了麻烦事，正愁着呢！"两人来到书房，李国元把事情原委一说，赵员外说："别着急，这事我能帮你。西湖灵隐寺有个济公长老，是再世活佛，你跟我走一趟，去求他帮忙，不仅能把天师符找回来，弟妹的病也能治好。"李国元心想：我久闻他大名，也没见过真人，要是见着了少不了请他回来吃饭，我得带点银子。赶紧取了十两银子四百钱，同赵文会出来。路上买了四十钱茶叶，一路往前走。

二人刚走到冷泉亭，就听人群中有人喊道："李国元，李国元，不必去灵隐寺找济公，十两纹银交给我，腰里还带着三百六十钱。"赵文会说："贤弟，济公真有先见之明，在这里等候我们俩呢！"分开众人一看，是济公的衣服，却不是济公本人。赵文会过去一揪，说："好老道，你竟把济公长老害了，在这蒙人。"老道说："我可没害济公，济公把我们师徒吃得一件衣服都没有，教给我这几句话，让我在这里说。"赵文会说："济公在哪里？你带我们去见一见。"老道带领两位来到三清观，只见这里空空的，什么都没有，四个道童全都光着身子，济公也露着后背坐在椅子上。文会说："师父在上，弟子赵文会有礼了。"忙叫李国元参见圣僧。国元看和尚就像个乞丐,冲赵员外的面子,不得不过去行礼,作了个揖。和尚问:"你们两个来这里做什么?"赵文会就把丢了五雷八卦天师符的情况说了一遍。和尚说:"不要紧。"叫老道把衣服脱了,济公穿上。又把国元的银子要过来,给老道赎当。

和尚同二人出了三清观,来到李国元家中。和尚说:"我先给你妻子治病,回头我跟她扭到一处,滚到一起,你可不要管。"国元一听,半晌没说话。赵文会说:"老弟,不必怀疑,济公可是再世活佛,听他的一定没错。要是没有品行的人,我也不能给你请来。"李国元说:"那好吧!"带着济公来到上房,只见门也锁了,蔺氏也用铁链锁着,丫鬟婆子早就躲得远远的,怕被疯子打。刚一开锁,蔺氏一看外面是个穷和尚,就往外追。和尚跑到院中,看见有个大鱼缸,就围着鱼缸转圈,嘴里喊着:"可不得了了,要是追上,我就没命了。"边说边跑着。蔺氏摔了一个跟头,嘴里吐出一堆痰来,心里也明白了,自言自语说:"我怎么会在这里?"这时候才有胆子大一点的婆子过来将她扶起来。

和尚取了一块药,叫人拿水化开给她吃了。原来蔺氏这病是痰迷心窍,被事儿压的。都是因为她娘家有个弟弟叫庭玉,在家把一份家业都败没了,交的朋友都是些没正事的。这天找姐借钱说去做买卖,毕竟是亲骨肉,哪会不心疼呢?于是蔺氏瞒着丈夫给了他几百两银子。蔺庭玉拿去跟那帮狐朋狗友花完了,又去找他姐姐,说:"我拿银子去做买卖,走到半道上被强盗劫了,你再给我几百两银子做买卖,赚了钱一并还你。"蔺氏又给了他。这天蔺氏在花园闲坐,见庭玉又来了,身上衣服破破烂烂,心中一急,一口痰上来迷住,因此疯了。

看到妻子病好,李国元非常高兴,对济公更是非常敬佩。于是摆下宴席盛情款待济公。正在喝酒,李少棠又来催符。国元叫家人出去告诉他随后就送去。回头问济公该怎么办?和尚说:"回头我雇我庙里的韦驮给你偷回来。"说完便出去了,两人将信将疑。

过了大半天,快要掌灯的时候,济公回来了,说现在韦驮不好收买,忙活了大半天,才好不容易收买到一个愿意来帮忙的韦驮。李国元忙问韦驮什么时候能来?济公说:"等咱们吃完饭,摆好桌子,我一叫他就来。"饭后,国元便吩咐摆供桌,一切准备就绪。和尚说:"我是灵隐寺的济癫僧,韦驮现在不来,要等到什么时候呢?"只听到半空中有人大喊一声:"我神来了!"而实际上这只是一个擅长劫富济贫的飞贼,叫赵斌,是济公的徒弟,也是今晚上雇来的托儿。听到空中的喊声,和尚说:"你到秦丞相府的阁楼里,把五雷八卦天师符取来。"赵斌说:"遵命。"就转身到了秦府院内。

丞相府非常大,赵斌也不知道哪是阁楼,就挨个房间搜索。结果发现有人正在密谋杀人。于是一路跟随,来到另一座院里。就见杀手提刀进去了。捅破窗纸一看,里面一位公子正在读书,一位老仆在边上伺候。这时候杀手把刀往桌上一放,问道:"你们两个抓紧说明来历,不然我现在就杀了你们。"这主仆二人立刻跪下求饶。仔细一听,原来读书的是小

"我神来了!"

主人徐志平，原籍建安县人氏，老爹叫徐占魁，跟这秦相府花园总管韩殿九是知己之交，边上的老头是徐家的管家。韩殿元有一个女儿，与志平同岁。两人自幼定下婚礼。后来徐家老爷去世，家中遭火灾，百万富翁一夜成了穷光蛋。这主仆二人来这里投亲，结果韩殿元嫌贫爱富，见二人衣服破旧，就想悔亲。表面上收留二人，并让志平在花园读书，暗地里却起了杀心。这壮士一听说："原来这样，我实在是不知道情况。"便从怀里掏出刚才韩殿元给的辛苦费交给两人："你俩抓紧逃命吧！找个地方，好好读书，求个功名省得他们再来害你们。"赵斌在外面一听，说："这事办得好。"他是个直性子，忘了自己偷听，竟喊了出来。

那壮士一听有人说话，出来照准赵斌就是一刀。赵斌用菜刀相还。两人干了几个回合，赵斌顿觉奇怪，心想两人刀法怎么会一样？急忙喊停，互报姓名。这下可好，原来这壮士正是赵斌父亲的徒弟，叫做尹士雄，自幼一起练武长大的兄弟。这次来就是来找寻赵斌母子的。因为生病被韩殿元救下，才有了今天要替韩殿元杀人的事情。赵斌也把来偷五雷八卦天师符的经过说了。尹士雄说："你今天幸亏遇到了我，不然你都不一定能找到天师符在哪里。你先帮我把这主仆二人搞定，我帮你偷符。"于是两人进屋吩咐主仆二人抓紧收拾东西逃命。赵斌说："尹兄，你稍等一下，你主仆跟我走。"

带着二人出门走了不多远，就见眼前站了一个人，是济公。赵斌便把主仆二人的遭遇略述一番。济公说："好，我就是为这事来的,这两个人交给我了,你抓紧给我办正事去。"徐志平一瞧,是个穷和尚,连忙问道:"这位大师怎么称呼?"赵斌说:"这就是灵隐寺济公长老。"徐志平一听急忙行礼。济公带着他们二人来见李国元。大家正在喝酒,突然看见济公带着两个人进来,忙问原委,济公一一述说,众人方才明白了。和尚便对李国元说:"你安排几间房子给志平读书用,出了差错我担着,你看怎样?"李国元连声答应,招呼过来一起喝酒。到了二鼓天,就听外面一声大喊:"我神来了,济公长老在不在?我已经将五雷八卦天师符偷来了。"济公赶紧出来。房上是赵斌、尹士雄二人。原来赵斌把徐志平主仆交给和尚带走后又回到花园,与尹士雄一道来到阁楼上偷天师符,到手之后尹士雄担心秦丞相会找地方官麻烦,于是一把火烧了阁楼。这样两人才来到院外,去找济公。

济公出来将天师符接下,拿了个小黄口袋,装上五百钱,一香炉米,五碗馒头,说:"老韦你拿去,这是本家谢你的。"上面赵斌接住就嚷:"我神走啦!"便同尹士雄回家了。李国元赶紧派家人把东西给李春山送去。喝了一夜酒,天亮济公告辞。李国元要送金银给济公,济公说:"你要谢我,我和尚领情。"附耳一番交代,"你要照顾好志平读书。"李国元全都答应。

第五回

 马沛然寻妻

这天，济公别过了韩殿元，出了三顺店往前走。只见眼前围了一群人，密密麻麻，里三层外三层，根本挤不进去。和尚按灵光一算，大叫："哎呀，阿弥陀佛，这事情我怎么能不管呢？"和尚分开众人挤了进去一瞧：原来里面站着一个穷书生，头戴旧文生巾，烧了一个窟窿，穿着一件旧文生袍，上上下下有七个补丁，怀里还抱个小孩。这个人有三十多岁，一脸枯槁像，站在那里说："各位，我抱的这个小孩子，现在一年零两个月大。他娘死了，我又雇不起奶娘，这不是要等着饿死么？哪位愿意要的就抱去吧！"

原来这个人叫马沛然，原籍是常州府常熟县人，从小就在家读书，娶了个老婆周氏。因为他只懂念书，也不懂经营，所以一份家业很快便让他坐吃山空了，连片瓦也没剩。生活所迫，马沛然便带着妻子和孩子逃难来到了临安，住在钱塘关外吴伯舟家里。这位吴伯舟是在西湖使船的，手下有百余条船，有去游西湖的人多雇用他的船。吴伯舟跟马沛然本来就是老朋友，知道马沛然原来读过书，就让他在船上管账，每天挣二三百钱，也够夫妻俩生活。没想到的是好运不长，西湖出了四家恶霸，经常去西湖抢人，闹得没人敢游西湖了，船也没人赁了。马沛然也就只好歇工了。这西湖头号恶霸就是秦丞相的弟弟花花太岁王胜仙。高宗皇帝的时候手下丞相是秦桧，王胜仙就是那时候过继给秦家的。现在王胜仙是当朝秦相的亲兄弟，倚仗哥哥的势力，经常带着打手游西湖，瞧见漂亮的妇女就抢。没人敢惹他，不过都不敢游湖了，所以吴伯舟的船也赁不出去，马沛然也就没了收入。他妻子周氏是个贤惠人，说："咱夫妻俩也不能干饿着啊，你在家看孩子，我出去做点针线活，也好养家糊口。"连说了几天，马沛然一声没吭。周氏就把孩子放在家里，自己走了。马沛然坐在屋里想：男子汉大丈夫，连老婆孩子都养不了，还要等着老婆给人家干活吃饭，算怎么回事？自己越想越郁闷，不如死了算了。又一想：这孩子投胎爹娘才一年，又要死，怪可惜的，不如把他给了别人我再死。于是来到街口一站说："有谁想要这小孩的抱去。"连喊了几声，旁边有个老头一瞧，这孩子长得不错，一想：我也没孩子，我倒可以留下。刚要过去抱，旁边的行人说："老人你可别碰，你要一抱孩子，他就会跟你走。过两天他娘也来了，管你借银子，再过两天他爹也来了，你可别上当。"那老丈一听也不要了。

济公说："你把孩子给我罢。"马沛然说："和尚，你一个出家人要小孩做什么？"和尚说："我收他做个徒弟。"马沛然说："和尚，这孩子还没离乳连饭都不会吃，哪能行呢？"和尚说："不行我不要。你说实话，孩子他娘真死了吗？我庙就在你住家隔壁，你住吴伯舟的房对不对？"马沛然说："他娘虽然没死,我可不是做生意,指着孩子讹人。"和尚说:"我知道。你跟我走吧,我带你找你妻子,让你们见面,给你找点事做。"马沛然一听,忙问:"和尚宝刹在哪里?怎么称呼?"和尚一一说了,带着马沛然往前走。

两人来到酱园门口,和尚说:"掌柜的,给我三文钱的大头菜。"里面答应,给拿出来。和尚说:"太少了,我给两个钱。"掌柜的过来说:"和尚,咱们这做店铺的买卖,不还价,还价就不卖了。"和尚说:"倒不是我还价,我这兜里就剩两文钱了,我化你一文。"掌柜的说:"看你是出家人,就这样吧!"和尚伸手一摸兜子说:"哟,我这兜子漏,又丢了一文钱。先给你一个吧,明天再给你带来。"说完就走,来到对过的青菜摊。和尚说:"掌柜的,给我一个钱蒜。"掌柜的说:"一文一头。"拿一头蒜给和尚。和尚给了一文钱,接过蒜来看一眼说:"掌柜的,一文钱一头蒜,你还给我一头烂的,给换换吧!"掌柜的又拿出一头给和尚。和尚也没把烂的还给他,用一文钱买了两头蒜。和尚本来就带了两文钱,要买四样礼去给人家祝寿。马沛然一瞅这和尚也太穷了,跟和尚走了半里路,见路旁有一个卖狗肉的。和尚过去说:"这肉真肥真香真烂,五花三层,要吃肉,肥中瘦。"夸了半天,说:"掌柜的,切给我一块吃。"卖肉的还没开张,被一个穷和尚夸赞了半天,还要一块吃。卖狗肉的一高兴,拿刀给切了一块有二两。和尚接过来一瞧,说:"你多给点吃。"卖狗肉的说:"你没够。"和尚说:"不是我没够,和着你要不给添,连这块人情也没了,人情做到底嘛。"卖狗肉的又切给吃一块。和尚一文钱没花,白得了两块狗肉。和尚又往前走,听那边有卖馒头的,和尚叫卖馒头的:"过来,我买。"那卖馒头的过来,和尚说:"热不热?"卖馒头的说:"刚出笼。"说着把挑子放下。一掀盖,热气腾腾的。和尚伸手一拿,就是五个黑指头印。和尚刚往嘴里咬,赶紧扔下说:"我忘了,没带钱,可不敢吃。"卖馒头的瞧了来气,这个馒头算是卖不出去了,又是牙印唾沫,又是黑手印。心想:"我有心怄气吧,这刚出来,他又是个出家人。"愣了半天说:"得了,我这馒头就算扔了。"认了晦气。和尚说:"你既然要扔,还不如给我呢。我明天碰见你,会带着钱还给你。"卖馒头的说:"你拿走吧。"

和尚揣着馒头,带着马沛然来到凤山街,见路北大门张灯结彩,车水马龙。这家是临安城首富,姓郑名雄,人称铁面大王,今天给老太太做寿,临安的绅士财主都来祝寿。和尚来到门前,对马沛然小心嘱咐一番,说:"在这里等着,一定会有机缘出现。"马沛然点头。和尚上了台阶,说:"辛苦众位了。"从门房出来一个家人,见是一个要饭的穷和尚,便说:"和尚你来早了,还没坐席呢,你去逛一圈再来吧。"济公说:"你胡说,我知道今天老太太生日,特地买了四样礼来拜寿的。"家人一听,心想:"我们家大善人向来最爱施舍,挥金如土,仗义疏财,遇见穷苦人一定会周济。也许我们大善人待他有好处,他知道今天老太太寿辰,要来报答报答,我可不能小看了他。穷人也有一分心,或许知道老太太爱吃什么,买点什么,也许送桃面点心酒席。"想完便说:"和尚,你在哪庙里?"和尚说:"我在天隐寺小庙出家。"管家说:"你的礼物是

自己带来,还是随后行人挑来呢?"和尚说:"我随身带来。"家
人说:"你把礼物拿来,我给你回禀账房去。"和尚从抱袖里拿
出一个馒头,两头大蒜,两头咸菜,两块狗肉,递给管家。和
尚说:"给老太太吃狗肉就蒜瓣,吃馒头就咸菜。"家人一瞧,
赌气给撒到地上说:"你快走吧,别跑来给我们搅局。"刚扔到
地上,过来两条狗就要吃。和尚赶紧轰开:"花脖四眼,你们
两个给吃了,老太太吃什么?"和尚捡起来说:"你不给回禀,
我自己喊。"大声喊道:"送礼来了!"拿手抓住就往里扔。大
家看见了,都说:"这和尚是疯子,别管他。"

原来郑雄是临安头等绅士,又是武进士,最喜欢结交朋
友。他叔父在外省做总兵,今天给老太太做寿,临安城上自
公侯,下到庶民,都来送礼拜寿。像美髯公陈孝、病服神杨
猛、赵文会、苏北山、梁百万、周半城,都在客厅,真是高朋满
座。郑雄的母亲,今年七十整寿,可就是双目失明有两年多
了,请了多少先生都没治好。郑雄正在厅上接客,家人拿进
一个礼单来说:"三清庙的广惠师父来贺寿。"郑雄一愣,说:
"我跟他素无往来啊。"拿过礼单一瞧,写着:"银烛一对,寿桃
全堂,寿酒一坛,寿面一盒,寿帐一轴,山羊四只。"郑雄急忙
将他迎进来。大家一看,这僧人有五十多岁,衣貌鲜明。原
来广惠来给郑雄送礼,是有贪心的。他听说郑府的花园闹
妖,他会捉妖净宅,打算以送礼打通门子,好给郑家捉妖赚点
银子。今天来到这里,众人一让,把广惠让到杨猛、陈孝这张
桌子上。杨猛爱说话:"大师父来了。"广惠说:"来了。"杨猛
说:"我跟你打听一个和尚,你知道吗?"广惠问:"谁啊?"杨猛

说:"西湖灵隐寺济公长老。"广惠说:"济癫和尚,疯疯癫癫算什么,我倒同他师父挺好。论起来他是师侄,常常跟我学本事,我没那么多时间教他。"杨猛一听就火了,心想:这东西说话真可恨。他说我师父是他师侄,我不就成了他孙子了。我去找我师父来问问,如果是真的就算了,要是假的,看我不把这秃驴脑袋砸碎了。想完站起来,刚要往外走,就听外面喊:"送礼来了!"杨猛一听是济公的声音,心想:"正好我师父来了,好,我问问去。"忙往外跑。陈孝也跟着出来了。两人到外面一看,正是济公,便问:"师父,您老人家为何大喊大叫呀?"济公说:"我来这给老太太祝寿,他们嫌我穿的破烂,不给我回禀。"陈孝、杨猛说:"他们本来就是势利的。"郑雄也从里面出来,看见和尚非常穷,便说:"二位贤弟不在厅上吃茶,到这里来做什么呀?"杨猛、陈孝说:"给你引见引见,这位上人就是我们常提到的灵隐寺那位济公禅师。"郑雄说:"原来是圣僧,久仰大名,今天能见上一面,真是三生有幸啊!"和尚说:"今天老太太千秋诞辰,我特地来祝寿,送点寿礼。"郑雄看和尚衣服破烂,比叫花子还脏,怎么能往客厅里让?看看陈孝、杨猛,又不好不让。正犹豫呢,只听和尚说:"我来送点礼,拜拜寿,我也不能客厅去坐,贵府高亲贵友不少,我也没衣服。"郑雄一听心里大喜,便虚假地让一下说:"和尚既然来了,就到屋里坐吧。"杨猛也愿济公进去,对对广惠说的话是真是假。和尚说:"郑大善人这么一让,我倒不能不进去给老太太拜寿了。"郑雄也不好阻拦,同和尚来到客厅。

和尚叫茶房把八仙桌放在客厅正中间,上面铺上红猩猩毡。济公把狗肉等拿出来放在上面,自己坐了正席。郑雄眼都气直了,当着陈孝、杨猛的面也不好发作,便表面上谢过了和尚,叫家人扔掉。在座的人,济公认识一小半。茶房摆上酒菜,济公站起来各桌上都让,让到广惠那里,广惠一脸高傲地坐在那里,一句话也不说。让完了回来吃酒,就听广惠说:"郑大官人,我今天一来拜寿,二来要给老太太面前孝敬个天上飞的,地下跑的,河里浮的,草里蹦的戏法。你去后面说一声,我在这里变,老太太那里就能看见。"郑雄一听说:"好。"到了后面,看见亲戚朋友的女眷都陪着老太太说话。郑雄说:"娘亲,三清庙的广惠和尚要变戏法给娘瞧瞧。"老太太一听,气得脸色都变了,说:"你跟和尚一道耍我呢,快叫秃头滚出去。老生眼睛都坏了两年了,你还叫我瞧戏法!"郑雄一听,这才悔恨,忙说:"老娘不必生气,孩儿一时忘了。"旁边有几个女亲友,都说:"伯母,你老人家叫他变个给我们瞧瞧。"又有几位小姐也说:"奶奶,你叫他变给我们瞧瞧。"老太太这才说:"郑雄,你叫他变去吧。"郑雄回到客厅说:"大师父,你变吧。"

广惠要了一把剪刀,一张纸,剪了许多蝴蝶。口中念念有词,吹一口气,就见一对对蝴蝶直奔后堂飞过去了,大家齐声喝彩。杨猛跟陈孝一起说:"师父,你也变个好玩的让大家瞧瞧吧。"济公站起来大嚷:"我也要变了!"嚷完,说:"唵嘛呢叭咪吽唵敕令吓。"只见有三十多条小蛇满厅乱飞,大家一愣,低头一看筷子都没了,立刻哄堂大笑。济公用手一指,小蛇都没了,每人面前一双筷子,大家都纷纷称赞。济公一瞧广惠正在那里生闷气,就说:"郑大善人,去院里把老太太请来,今天我要变个戏法,请老太太瞧个真切。"郑雄说:"不行。家母双目失明有两年了,怎么可能看得见?"济公说:"就因为老太太双目失明,我才叫她老人家瞧。要是有眼的人,就不算我有能耐。"郑雄知道和尚有些来历,就到后院把老太太请了出来。两个丫鬟搀扶着,来到外面。亲戚朋友都站起来说:"给老太太拜寿,愿你老人家多福多寿!"待老太太坐好了,郑雄说:"娘呀,现在有个灵隐寺济公长老,他要变个戏法,能叫你老人家看个明白。"老太太点头。济公来到老太太面前念了几句祝寿的诗,然后用手在老太太眼睛上一画,默念六字真经:"唵嘛呢叭咪吽。"老太太果然眼睛睁开了,说:"郑雄呀,我这左眼瞧得见了。"郑雄还不信,招手叫一个丫鬟过来,说:"娘亲,你看这是谁?"老太太说:"这是春梅。"丫鬟说:"正是。"老太太非常高兴,说:"我真瞧得见了。"郑雄一听也很高兴,赶紧过来说:"娘亲,你看孩儿怎样?"老太太说:"日月消磨,你也半老啦!"郑雄抓紧给济公行礼说:"圣僧,你老人家慈悲慈悲,既然把左眼治好了,把我娘的右眼也治一下。"老太太说:"我就是左眼瞧得见。"济公说:"我可治不了右眼,现在你大门外有一个抱小孩的,叫马沛然,把他请来一治就好。"郑雄赶紧派人去把马沛然请来。郑雄上前行礼说:"先生,求你把我娘亲的右眼治好,我定有重谢。"马沛然刚要说不会,济公过来说:"马沛然,你给治治吧。"把药偷着递给了他。这时候全家主仆老少都挤过来了,要看马沛然给老太太治眼。其中一个妇人走过来,把马沛然抱的小孩接过来就给他吃乳，小孩哇的一声就哭了。马沛然心领神会，拿着济公给的这块药说："用无根水（眼泪）化开，这是佛爷赐的仙丹妙药，叫老太太用水一擦眼就好了。"众人将药化开，果然一擦右眼，老太太眼睛立刻好了。

郑雄看见新来的女仆抱着马沛然的小孩喂乳，忙问怎么回事。马沛然就把自己的事从头到尾一一说了，郑雄一听明白了，说："得了，我这里少个管账的，你就在我这里吧。我单独给你夫妻俩留一间房子住。圣僧你老人家慈悲，我给僧爷你换换衣裳。"济公说："倒不用给我换衣裳，和尚想化你的缘。你把三清观的两顷稻田地施舍给三清观的刘泰真，作为那里的香火地，就算谢了我和尚了。"郑雄连声答应。

第六回

鬼闹秦相府

　　这天，济公因为秦相的家人假传秦相的意旨来拆灵隐寺的大碑楼，一生气打了他们，结果被抓了起来。刚拉到相府，秦相就吩咐要审和尚。家人赵头拉着济公来到里面。济公一看，庙里的其他和尚、监寺、方丈等人都在这儿呢。大堂两边站着七十二个家人。济公站在那里，也没有下跪。秦相从里面往外一看，原来是一穷和尚，便用力一拍桌案说："大胆疯和尚，我派我家人到庙来借木头，借是人情，不借是本分，你为什么施展妖法打了我家人？还不如实交代！"和尚说："大人，你还问我。你官居宰相，位高权重，应该行善积德为乡亲做好事。现在却无缘无故拆佛楼，我越说越来气，应该把大人拉出去，先打四十大板再问！"秦相一听，非常生气，说："大胆疯和尚，你竟然敢诬陷朝廷大臣。来人啊！将疯和尚拖下去，重打四十竹棍！"这竹棍是秦相家法，是最严厉的惩罚。竹子中间灌满了水银，不管多强壮的人，挨了四十竹棍都一定会皮开肉绽。济公一听要挨打，转身就蹲在老方丈、监寺和五个和尚中间。过来三个家人，拖着济公按倒在地上说："和尚，你这下算是完了。"一个拉住肩头，一个按住腿。和尚头向西，掌刑的握着竹棍在南边请相爷验刑，抡起竹棍打了四十下，和尚一声不吭。

三个人打完了，往旁边一闪，秦相往里面一看，说："你们这群猪头！我叫你们打疯和尚，为什么把监寺打了？"三个人一瞧，觉得奇怪。刚才明明抓的是济公，怎么变成了监寺的广亮？广亮这才说出话来："哎呀，打死我了！"刚才张口喊不出来，四十棍打完，皮开肉绽，血淋淋的。秦相吩咐："再换一班掌刑的人，给我再打疯和尚四十竹棍！好你个疯和尚，我要不打你，誓不为人！"又过来三个掌刑人，拖住济癫说："和尚，这次可不能揪错了。"济公说："该我，我就去。"三个人说："和尚，这还用我们费事吗？你躺下罢。"济公说："你铺上被褥了吗？"家人说："你别不知道好歹了，要打你还用铺被褥？"用手把济癫摁倒，一个按着肩头，两手揪着两只耳朵，一个骑着腿，另一个把中间衣服撩起来，举起竹棍。秦相吩咐："打！打！打！"掌刑的将竹棍用力往下一落，距济癫的腿还差一尺，手里的竹棍拐了个弯，正往骑肩头那人的腰上扑通一下，把骑肩头的那人打出去三四步远。那人手按腰腿，哎哟哎哟直叫唤："打死我了！好好好，你以前跟我借二百钱我没借，你官报私仇！"秦相大怒，喊道："再换掌刑人来，给我重打疯和尚八十棍！我不打你这疯和尚，誓不为官！"济公说："我要叫你打了，我誓不当和尚！"又过来三个人。这个说："我骑肩头，秦升按腿，你掌刑。你可别乱打。"掌刑的家人答应了，对准和尚的腿，棍刚往下一落，就拐了弯，啪嚓一下，正打在骑腿的那人后背上，打得那人一头栽倒。秦相在里面看得明白,头一回错打监寺的,第二回打了骑肩头的,这回又打了骑腿的,这一定是和尚的妖术邪法。吩咐家人把堂帘撤去,打算以自己当朝宰相的威严,来避掉他的邪术。家人把帘子撤掉,秦相迈步走出来。这时候,济公在地上躺着,翻身一看,秦相果然万分威严。现在秦相又气又急的样子,更是可怕,吩咐家人:"给我打!打!打!打!"众家人不敢怠慢,一个个抄起竹根,恶狠狠冲过来要打和尚,竹棍往下一落,用力太大了,棍飞出去,直接往秦相身上打去。那家人吓得魂都没了。秦相一看,弯腰捡起棍来,要亲自打和尚。突然听到里屋有敲锣声响,秦相大吃一惊。接着从里屋跑出一个婆子说:"大人不好了,夫人的卧室着火了。"秦相一听,知道又是和尚搞的鬼。连忙吩咐把和尚锁在空房里,打算三更天再审。秦相用手指着济公说:"疯和尚,你就是把相府烧光光,我也要把你押到管刑罚的衙门,打你八十竹棍解解气!"回头吩咐秦升:"带上二十个家人,好好看守和尚,我到里屋去看看。"

秦相带着十几名家人来到里屋,发现夫人站在院里,吓得哆哆嗦嗦,婆子丫鬟在那边忙着救火。秦相问:"哪里起的火?"仆从说:"是大香炉里的火星把窗帘引着了。"秦相立刻派家人去把火扑灭,自己把香炉端起来重重摔在地上,吓得众丫鬟婆子抓紧收起来,因为香炉是金铸的,所以并没有摔坏。秦相看火扑灭了,就到了房里。夫人问:"大人为什么事情,生这么大气?"秦相便把疯和尚用妖术打家人,以及兵围灵隐寺,把和尚锁来审讯的情况说给夫人听。夫人说:"大人何必和这些笨蛋计较呢。"正在这时,丫鬟进来问道:"晚饭好

"疯和尚,你就是把相府烧光光,我也要把你押到管刑罚的衙门,
打你八十竹棍解解气!"

了,请问大人在哪里吃饭?"秦相说:"就在这里吧。"丫鬟摆上饭具,秦相一肚子气,吃不下去,胡乱吃了两口,就撤了。晚上点上灯在屋里看书,秦相看了几页,也看不下去,趴在桌子上睡着了。突然一阵冷风吹进来,一种幽幽的怪叫声越来越近。秦相抬头一看,进来一个大鬼,脸黑的跟炭似的,手里拿着大钢叉。后面还跟着一个,全身发白,面皮发紫,手里拿着哭丧棒。两个家伙一站,进来第三个文绉绉的,手里拿着判官笔和账本。第四个不仅长得凶恶,还拿个大锁链,锁着的正是秦相的爹秦桧。后面还有各种手拿巨齿钉、狼牙棒的小鬼跟着。秦相说:"老爹,我以为你升天做神仙了,没想到你还在阴曹地府遭罪啊!您老人家先回去,赶明儿我请高僧超度您早点儿升天。"秦桧说:"儿啊,你爹就是因为生前做坏事太多,才受这般折磨;现在你身为宰相,就该行善积德,怎么能去拆佛家碑楼,还锁拿和尚呢?我来就是为了劝你早点放和尚回去,把碑楼重新给人家修好!"说到这里,就见拿叉的大鬼说:"拉着走!"秦相说:"爹爹慢走,我还有话要说!"一着急,用手一拉,当啷一声,烛台掉到了地上。外面丫鬟进来把灯重新点上。夫人也醒了,问怎么回事。秦相说:"我刚才在灯下看书,突然睡着了。梦见老爹被厉鬼拖着回家,说他在活着的时候做的恶。我打算把大碑楼盖好,放和尚们回寺,夫人你看怎样?"夫人一听笑着说:"好歹大人你也是读过书的人,怎么还相信鬼神呢?"秦相一听,又把善心打住,问丫鬟现在是什么时间。丫鬟说刚交三鼓。秦相说:"传令下去,我今晚上三更天在外书房审问疯和尚。非好好收拾他不可!"

正说着，屋里的灯苗突然蹿了一尺多高。秦相一愣，发现灯苗又开始往回缩，一下缩到枣核大小，屋里全绿了，重复了三次。秦相把镇宅的宝剑摘下来，照准灯头就是一剑，忽然闪出两个灯光，秦相又一剑，出现四个灯光，一连挥了数十剑，满屋子灯光缭绕。就听见婆子叫："大人，门外站着一个大头鬼，冲着我们直晃脑袋！"丫鬟说："不得了了！桌底下蹲着一个支牙鬼，冲我们直乐。"另一个丫鬟说："快瞧，在帘那里有个地方鬼，直点头。"秦相吩咐婆子敲警锣，叫家人们进来打鬼。婆子丫鬟到门外一招呼，外面家人们都往里跑。听说里屋闹鬼，大家都要来相爷眼皮底下当差。刚要到里屋，就听一阵喊叫："不得了了，相爷，那破头鬼的头上直流血。不得了了，相爷，有扛枷的鬼。不得了了，相爷，有吊死鬼。不得了了，相爷，有无头鬼；又有淘气鬼了，净打人拧人。"

这就是济公施的佛法。因为秦相派了二十名家人在外面禅房里看押和尚，其中秦升说："咱们这差事可不是闹着玩的，昨晚上我就一夜没睡，今天又有这个差事。我出个主意，咱们每人出两百钱，买些酒菜来，入夜二更时候，咱们大家喝了酒，到三更相爷还要升堂审问和尚，咱也误不了事。你们觉得怎样？"众人都说："好好好，就那么办了。"大家凑了四吊钱，叫一个人去买酒菜，都办齐了。到了初更天，有人提议说："咱该喝了。"众人把酒菜摆上。济公说："诸位发发慈悲，给和尚喝一杯酒吧。"秦升说："和尚不准喝酒，你怎么还要酒喝？和尚讲的是杀、盗、淫、妄、酒，这是五戒。你要喝，不是犯戒了吗？"济公哈哈大笑说："管家你知其一却不知其二，里面还有许多好处呢。天有酒星，地有酒泉，人有酒圣，酒合万事,酒和性情,仲尼以酒为道,却从来没出过乱子。"秦升说:"和尚,你知道事还不少呢,我给你一杯喝。"倒了一杯给和尚。济公接过来说:"好好好,管他天大事呢,一醉方休。"把那杯一口全喝完了,说:"诸位再给我一杯喝吧。"秦升说:"已经给你喝一杯了,怎么还要,脸皮真厚。"和尚说:"你要不给这杯,连那杯人情也没了。"秦升又给了他一杯。和尚又喝完了,说:"来,再给一杯,凑满三杯。"秦升说:"没有了。不是我不给你,问别人要吧。"济公哈哈大笑说:"好,我自己会喝。"拿着酒杯连说:"唵敕令吓,来来来。"就见酒杯忽然满了,和尚连喝了几杯,把酒杯放下。那些家人都要喝酒,一个个伸手倒酒,瓶里一滴酒也没有了。大家都说买酒菜的人肯定扣下钱了。秦升一句话也没说,生闷气先躺下了,众人也东倒西歪都睡了。

济公先点化了几个鬼去秦相梦里提醒,心想这事了了也就省心了。没想到被秦夫人一句话就给挡住了。和尚看家人都睡了,自己把铁锁解开,就到内院去报应他们。那些仆人平常倚仗主人的势力,在外面惹是生非,做尽了坏事。和尚便点化小鬼左打一下,右拧一下算是报应他们。结果秦相府里热闹起来了,到处都是闹鬼捉鬼声,一直折腾到天亮,秦相也没腾出空来审济公。

看着秦相府里一片混乱,济公溜溜达达来到二公子院里。进屋一看,一桌子酒席,济公说:"原来酒席都给我预备好了,哈哈。"不由分说,坐下就开始吃。吃饱喝足后,济公又回到扣押他的空房去,一觉直到天亮。

第七回

巧治大头瘟

自从济公被秦相抓到相府里来,秦府就没消停过。一会儿闹火灾,一会儿闹鬼,折腾了大半宿,这秦相好不容易要休息一下,家人过来报告说二公子病了。原来听说相爷院里闹鬼,二公子秦桓过来查看,结果被心疼儿子的爹爹劝了回去。秦桓刚回花园就摔了个跟头,起来后他就病了。一会儿冷一会儿热,一会儿要烤炭火,一会儿又脱光光。折腾到天亮,又说脑袋痒痒,一挠脑袋变大了,越挠越大,不一会儿工夫,这脑袋都有瓮大了。秦相听了急忙过来探看,一瞧儿子这样子心疼得不行,立刻派人请医生。

这临安城里有两位名医,一位是指下活人汤万方,一位叫赛叔和李怀春。家人忙到李怀春家去请。李怀春一听是秦相府,也不敢耽搁,立刻就随家人来了。李怀春来到里面给公子秦桓一把脉,心里就纳闷了。虽然眼瞅着他脑袋大,但是看遍六脉十二经都很通畅,什么病也没有。李怀春查来查去也没查出这病是从哪来的,也没办法开药。于是说:“公子这病,小生才疏学浅,实在治不了,相爷另请高明吧。”秦相说:“我哪里知道谁是高明?李先生你给引荐一位吧。”李怀春想:"这城里数得上的就我和汤万方,不过我俩本是差不多,我治不了的他也治不了,还有谁能推荐呢?"想完说:"相爷,我实在没有人推荐。"秦相一听火了,说:"你自己治不好,还没有人推荐,今天你甭想从我这相府里走出去!"李怀春一听,就知道他以势力压人。猛地一想:"我为什么不把济师父荐来呢?"想完说:"相爷,要给公子治病,只有一个人,就是酒醉疯癫,衣衫不整,怕相爷会责怪。"秦相说:"这不碍事,只要他能给我儿子治病就行。"李怀春说:"他可是出家人。"秦相说:"不管他是不是出家人,只要能治病就行。你说吧,抓紧请来。"李怀春说:"就是西湖灵隐寺的济癫和尚。"秦相一听,说:"原来是他呀,现在疯和尚在我东院锁着呢。"李怀春一听锁着济公,立马明白了,心想难怪他儿子长大头瘟。秦相赶忙吩咐家人:"去把疯僧叫来,他要能把我儿子的病治好,我放他回庙,免了他的罪。"

家人急忙来到东院空房,众和尚都起来。家人说:"和尚,你这造化大了。"济公说:"灶火大,费点柴。"家人说:"我家相爷叫你去替公子治病,要是治好了就放你回去。"和尚说:"你们相爷他把我锁来,要是过堂审我,一叫我就去;叫我和尚给治病,你就说我说的刷了。"家人一听,回去把原话给秦相学了一遍,秦相不懂,就问李怀春什么叫刷了。李怀春笑着说:"这是一句戏言。相爷要叫他治病,得下一请字。"秦相心疼儿子,便说:"好,你们去说我请他来治病呢。"家人连忙来到东院,对和尚说:"和尚你架子真大,我家相爷叫我来请你去治病。"和尚说:"你家相爷官居丞相,位列二台,我和尚和他平日素无往来,他要交结僧道,叫御史言官知道,就把他给参了。"家人回去一说,秦相勃然大怒,说:"好大胆的和尚!"李怀春说:"相爷不要生气,要给公子治病,大人要亲自去请。"秦相看儿子在炕上疼得乱滚,也没办法:"李先生,你跟我一块去怎样?"怀春答应着,二人来到东院空房。

秦相咳嗽一声,这是叫家人知道他来,都要规矩点。果然房里众家人听了都站起来,说:"大人来了。"济公说:"众位,那是狗叫唤。"众家人连忙止住:"不要乱说,我家大人来了。"只见秦相同李怀春进来,走到了济公面前。秦相说:"和尚,我小儿得了怪病,本阁特地来请你治病!"和尚说:"我是大人拿锁头锁来的,不是来治病的。"秦相一听,非常生气,连说:"好好。"李怀春一看事情不好,连忙说:"大人先息怒,我去把济公请来。"秦相只得往后退了一步。李怀春来到济公跟前说:"师父,好久不见! 弟子这边有礼了。现在秦公子有病,我推荐你去治病,不管什么事,就看在弟子的份上去看看吧。"济公说:"好,李怀春,你要给人治病,都拿锁头锁了去呀?"李怀春一看,说:"秦大人,请你老人家派人把圣僧锁链撤去。"秦相叫人撤掉。李怀春说:"师父,你老人家可没别的话说了,走吧。"和尚说:"李先生,我师父、师兄、师弟都在这里受罪,我哪有心思给人治病?"秦相一听,立刻叫把众僧人都放回庙里去。看他们走了,李怀春说,"师父,这下可以走了吧?"济公说:"李先生,兵困灵隐寺,拆毁我庙的大碑楼,我要给人治病哪能情愿呀?"秦相连忙吩咐手下人去传堂谕:"去把拆楼的人都撤回来!"李怀春说:"圣僧?"和尚说:"走!"

站起来边走边吟诗,说什么行善积德是福,作恶招来祸之类的话。秦相想:"和尚放荡不羁,真要没把我儿的病给治好了,我要不拆他大碑楼,肯定被人耻笑,他也白打了我的管家,我也白锁他来了。就算是他把我儿的病治好了,我也要拆他的大碑楼。"济公在后面哈哈大笑说:"好好,善哉善哉,我和尚唱个歌给大人听吧。"和尚一路唱着山歌,秦相暗暗点头,知道这和尚什么都明白。

大家到了秦桧的书房,听到秦桧在那里一直咳嗽。和尚到屋里一瞧,说:"哟,这么大的脑袋,可了不得了!"李怀春听和尚这话吃了一惊,心想:费这大事把他请来,他要是也不能治,可就糟了。秦相也是一惊,连忙问道:"和尚你会治吗?"和尚说:"会治。不要紧,这是小二号,我连头号大脑袋都能治。这病叫大头瘟。"说着话,和尚伸手往兜里一摸,说:"可不得了,我把药丢了。"秦相说:"什么药?"和尚说:"治大头瘟的药。"秦相一听忙问:"和尚,你来这里就知道我儿子长大头瘟吗?"和尚说:"不是。是有一位王员外,他儿子也得这个病。得这个病的没一个好人,一定是在外面行凶作恶,抢占少妇才女,才会得这病。王员外儿子作恶,得了大头瘟,请我去治。我带了药还没等去就被相爷锁到这里来了,进来时还有呢,现在没了。"秦相立刻吩咐大家找药去。和尚说:"大人,他这病有转,这是小二号,要一转了大脑袋,就没法治。"秦相说:"那怎么办呢?"和尚说:"我得吃饱了再治,要不吃饱了治,越治越冤。"秦相一听,怕儿子转冤大头,赶忙吩咐家人摆酒,请济公吃饭,济公也不客气,直接坐在正位上。秦相虽然不高兴，也没说什么。酒桌上济公和秦相斗智，两人你出我猜，到底秦相也没难住济公，不禁对济公暗暗佩服。看看外面天色晚了，秦相心想天也不早了，给儿子治病要紧，便说："和尚，你吃得怎样了？咱们去给我儿子治病？"和尚说："吃饱啦！哎呀，你们给我找着药没有？"众家人说："我们趴在地上把鼻子都粘好些土，也没找着。"和尚一伸手掏出一个包，说："我这有点药料，再加两味药就成了。"秦相接过来一看，上面的字太草，看不出来。李怀春一看，原来是吃的白面，问："和尚，这是什么？"济公说："这叫多磨多罗多波罗散。"秦相说："还有什么东西？"和尚说："朱砂一两，白面四两，盆子一个，用开水一冲，刷子一把。"秦相吩咐赶忙照样预备。没过一会儿，所有的东西都准备齐全了。和尚伸手拿起来，说："大人要什么样都行。"照秦桓头上一刷下去，粘着糨子的地方立刻消肿复原。和尚一连数下，秦桓居然好了。和尚说："这病可有反复，必须好好休息。我写下一张药方，要是犯病，看我这药方就能好。"秦相知道这是和尚的妙法，请济公到前厅。李怀春一看病好了，立即起身告辞。秦相派人送出相府。

济公在相府与秦相一谈，非常投机。二人高谈阔论，和尚对答如流，秦相特别高兴，说："和尚，我要是能和你一样跳出红尘，不问世事，该有多么清静啊！在朝廷当官，伴君如伴虎，天天操劳，还要担心会不会有生命危险。"和尚说："大人说的哪里话，大人官居宰相，位列二台，辅助皇帝料理天下，这是百姓的福气。"秦相说："哎呀，和尚，你可别提官大，一提起来我就害怕。俗话说树大招风，自从当了官，我处处小心，还是得罪了一堆人。哪有和尚来得逍遥自在？我打算要认你和尚作为我的替身，不知你觉得怎样？"和尚说："大人既然愿意，我和尚求之不得。"正在说话，外面家人进来报告："大人，公子爷病又犯了，脑袋又大了。"和尚说："你叫他打开我那药方瞧，照那药方做，他自然就好了。不然会越来越重。"家人忙回去告诉秦桓。原来秦桓病好了后，立刻想起了他抢来的美人，就问："我的美人呢？"家人说："丢了。"秦桓说："好东西！你们敢把我的美人丢了，那可不行！"刚一着急，脑袋呼呼又长起来，吓得家人急忙向西院里回报相爷。听了和尚的话，家人回来一说，秦桓说："快把药方拿来我瞧瞧。"家人连忙呈上去，秦桓打开一看："自身有病自心知，身病还须心药医，心若正时身亦净，心生还是病生时。"秦桓一看，心想："哎呀，我这病都是自找的，我抢掠人家的妇人，作恶多端，我要是改了，这病就可好了。"想到这些，脑袋呼呼就小了。家人忙回来报告。秦相说："很好，你们要好好服侍公子爷。"刚说完，就见东府家人进来说："夫人得了篡风疼的病，满床乱滚。"秦相说："知道了。圣僧，你会不会治篡脑风？"和尚说："夫人一定是错说了话啦，我去看看。"秦相说："夫人也没说什么呀！对了，昨夜闹鬼，我做了一个梦，看见老太师回煞来了，劝我做好事。我醒来就要传谕大碑楼止工，把众和尚放回去。夫人说不过是心头想的，把我的善念打断，一会就闹鬼来了。"济公说："我去照定夫人一抓就好。"

　　两人来到夫人房间，和尚说："夫人，不要着急，马上就好。"说完,口中念念有词,往房里一抓,夫人立刻好了。济公说:"我会神仙一把抓,一抓就好,抓出来还得扔出去。你看。"照一条卧着的癞狗一扔,那狗汪汪叫了两声死了。秦相说:"好厉害!错说一句话就得这么厉害的病,以后我在朝廷做官说话可要小心。"两人来到书房,准备好酒菜,想好好喝一顿。到了三鼓天,就听见外面起风了。秦相说:"不好,又到昨天闹鬼的时候了。"济公说:"大人不必担心,我去给大人捉鬼去。要是和鬼打在一块,你可别管。"和尚出去了,就听和尚说:"好鬼好鬼,还想吃我,我跟你拼了。"秦相在屋内听得心惊胆战,等到天亮出去一看,和尚在那儿躺着不动,就叫家人过去把和尚叫醒。

到了里面坐下,秦相说:"和尚,我给你换换衣服,送你光鲜的回庙。"叫家人去到外面给和尚买僧衣鞋袜。不一会儿,上好的穿戴都买回来了。秦相派书童伺候和尚沐浴更衣。济公头一回洗脸换上衣服,又来书房坐下。秦相把和尚和自己打赌赢的银两给他兑好,又把自己的马给他备好,叫家人敲敲打打送和尚光鲜的回庙。和尚说:"大人,和尚与你是相见恨晚啊,今天这一分手,不知什么时候能再见面?"秦相说:"和尚,什么时候想来了就只管来,离得也近,正好有什么事我还能跟你盘桓盘桓。"济公说道:"和尚要常到大人这里来,大人,我那里有些门包。"秦相吩咐把门工叫进来,不一会儿十几个家人都来了,站在书房外面。大人说:"济公是本阁的替僧,不管他什么时候来,我忙不忙,都不许拦着他,得马上通报我。"那些家人连声答应。济公说:"这几个人我和尚要赏他几个钱,大人您看怎样?"秦相知道和尚又赢了几万银子,一定是要做个脸,就说:"和尚,你自己看着办吧。"济公便每人赏了几百文钱,这才告别。秦相派几十个家人护送:"传我的堂谕:所有各种道观寺院,见了济公都必须跪接跪送!他是本阁的替僧,要送他荣耀回庙。"众家人答应着,到外面备马。和尚辞别秦相出了相府,被伺候着上马回庙,一路上挤满了看热闹的人,好不气派。

第八回

济公卖狗肉

一天，济公来到钱塘门外，看见大道旁边有一个卖狗肉的，在玉皇阁对过大影壁底下蹲着出恭。济公睁开慧眼一看，按灵光击了三下掌，说："真是世界第一大孝子！我和尚不来救他，雷公一定会要他的命。"想完，和尚就问："这狗肉是哪家的？"连问了三声，也没有人回答。

原来卖狗肉的姓董，叫董平，住在钱塘门内，家里就一个老母亲和妻子韩氏。董平为人多疑，在母亲面前经常不孝。大的过错倒是没有，就是说话难听。大清早起来，他就跟他母亲拌嘴，说他母亲不知好歹。韩氏是一位贤惠善良的妇人，时常劝他说："老娘这么大年纪了，你就不应该惹是生非，惹老娘生气。"董平也就不再说话，出去做买卖。

这天董平在家里烧上锅煮肉，叫韩氏看着，他自己出来买狗。宋朝的时候，官府允许买狗卖狗肉。董平走到一条胡同，看见路北边站着一人，有三十多岁，一副买卖人打扮，问董平："你买狗是为了卖狗肉吗？"董平说："不错。"那人说："我本来不愿意养狗，去年来了一条野狗，轰它它也不走，晚上关门，就把狗关在院里了。我半夜听见狗叫，起来一看，原来有贼拨门。我把贼赶走后，心想这狗就留着还有用，因此我留下养着了。今年又生了个小狗，两个狗净打架，我怕碰了孩子。我要是把它卖了就是恩将仇报，哪有恩养仇杀之理，所以我也不要钱，你白拿去吧。"董平一想，这是好事，用绳子把大狗一捆，扛着小狗，谢过那人，拉着狗回家。到家后把狗搁在院里，进屋拿出一把刀准备杀狗。董平把刀搁在院子里，到屋里找个盆子，出来一瞧刀没了。董平问他妻子："你把刀拿走了？"韩氏说没看见。董平一找，发现小狗把刀叼到东边，藏在身子底下，露着刀柄。董平过来一脚把小狗踢开，拿刀要宰大狗。小狗跑过来往大狗脖子上一趴，龇着牙瞧着董平，眼泪一滴一滴往下落。董平大喊一声把刀扔在地上就往屋里跑，吓得韩氏目瞪口呆。董平愣了半天，心想连狗都知道自己是从哪里来的，何况我还是个人呢。便把大狗放开说："我也不杀你了。你以后愿意在我这里，我有食水养着，不愿意在我这里，你就自己走吧。"他到屋里给他母亲跪下说："孩儿我时常在你老人家面前无礼，罪该万死。"韩氏说："只要你好好在老娘眼前尽孝，咱们夫妻俩肯定会有好报的。"董平说："我今天把这一锅狗肉卖了，明天改行做个小本买卖，这血盆子里的买卖我不做了。"说完挑着担子到了外面。

以往董平出来卖狗肉，挑出来一会就卖完了，今天走了十几条胡同也没开张。走到钱塘江大街玉皇阁照壁前，董平突然觉得腹部疼得厉害，就把肉挑儿放在路边，自己躲到角落里解手。只见从东边来了个穷和尚问："这肉挑儿是谁的？"董平也没说话，心想："昨天在大街白要了我两块狗肉，今天又来问我,不搭理他,看他怎样?"济公看董平一脸黑相,按灵光一算,知道他是世界第一孝子,心想:我要是不救他,雷公一定会要他的命。为什么说董平是第一孝子呢?原来善书上说:比如这个人做了一辈子好事,如果做一件坏事,那书上注定他是极坏的人。比如一个人做了半辈子的坏事,忽然意识到自己不好,觉得要是不改必然会遭报应。一定会改过向善,把从前的坏事全勾销了,书上会记载着第一善人。寡妇失节,不如老妓从良。董平虽然原先并不孝顺母亲,但是他内心忽然知道悔改,要在他母亲面前尽孝,是诚心实意的,没有半点虚假,这就算是第一善人。

董平赶紧起来追,刚往前一跑,就听后面轰隆一声巨响,原来是影壁墙塌下来半截,董平吓呆了,心想:"要不是那和尚抢我的肉挑,我肯定被墙压死了,好险啊!"上面说到济公算出自己若不救他,雷公必定会要他的命,怎么是土墙压他呢?俗话说,天打五雷轰,难道天上真有五个雷么?原来金木水火土就是五雷,刀砍死是金雷,木棍打死是木雷,水淹死是水雷,火烧死是火雷,土墙压死是土雷。要真被天雷劈死了,那肯定是罪大恶极的。董平心想得抓紧去找和尚要挑子,顺便谢谢和尚。

没想到济公挑着担子,来到热闹街上,把担子一放,拿刀就切狗肉。切完和尚用手一指,狗肉变得一块好像有一斤重,济公喊着六文钱一块。走路的人走到这里,远远就闻着狗肉香味了。本来不吃狗肉的人,今天看见肉块又大又香又便宜,这个一块,那个一块,那个十块八块,转眼就卖了一堆钱。肉也快卖完了,剩了几块,和尚不卖了。买不着狗肉的都很懊悔,说:"这么便宜的狗肉我买不上,真是来气。"有一个买了四块肉,非常得意,心想:这肉足足有一斤一块。他走两步就闻一闻,心想到家给老娘们两块,还剩两块再约弟兄们喝点酒。闻了闻,又走了两步。打开瞧了一眼,这肉剩了有半斤一块,心想:"莫非我看花眼了? 刚才瞧着有一斤一块啊。"正纳闷儿,又走了两步再瞧,一块剩有四两;再走几步瞧,四块肉也不够四两。买肉的一想:"今天算是被那和尚骗了。"便赌气回家了。

济公这边收了一堆钱,狗肉也快卖完了。董平赶到说:"和尚,这肉担是我的,我把话跟你说明白了,今天要不是你抢了我的担子,我怕早就被土墙压死了,我得谢谢你。"济公一翻眼睛说:"对,今天大早起来,你是不是没有跟你娘拌嘴?"董平听和尚说出这话,愣了一下,连忙问:"和尚,你住哪庙里?"济公便一一说了,又对董平说:"你把卖肉的这些钱拿去做小本买卖吧。"董平说:"我明天改行,不做杀生的买卖了,我卖鲜果子去。"济公说:"好,你把肉担子这钱全拿走吧,我就要这几块狗肉得了。"董平谢了和尚,济公把狗肉兜住,顺着西湖苏堤往前行走,还信口唱起狂歌。

济公边走边唱歌,过了冷泉亭,来到飞来峰灵隐寺山门外。看守山门的和尚静明、静安说:"济师傅,你拿着是什么东西?"济公说:"我带的是狗肉,你们二位吃点?"静安、静明说:"不行,我们两个人吃素,你也不能往庙里带,咱们这处庙是长素,荤酒都不能往里带。提笼架鸟,都不准入庙,你快扔

"上好的狗肉，六文钱一块。"

了吧,你犯戒啦!"济公说:"我不知道。身上疼痒,疥又犯了。"说着,和尚低头往身上找。静明说:"不是身上的疥,是犯了咱们和尚清规戒律。出家和尚讲究三皈五戒。"济公说:"什么叫三皈?什么叫五戒?你给我说说。"静明说:"还亏你是个和尚,连三皈五戒都不懂。咱们出家人讲究的三皈是佛皈、僧皈、法皈。五戒是杀、盗、淫、妄、酒,你快把狗肉扔了吧。要到了庙里,连我们两个都有失察之罪。监寺要看见,他也有罪。"济公说:"你们两个人懂什么?别让我扫兴!我到庙里给监寺狗肉吃。"两个门头僧也不敢阻止,就由着他去了。

济公到里面,在大雄宝殿前面把狗肉放下,坐在旁边,说:"有买肉的来买。"众僧人来了十几位,其中好心的和尚都说:"济师父别卖了,要让老和尚监寺的知道了,一定会治你的罪。"济公说:"你不要管。"旁边就有恨济公的和尚,说:"你卖吧,谁敢管你啊!"济公也不理论。只见监寺广亮从那边走过来说:"济癫你卖狗肉,我也不管你。就是杀两条狗,我也不管你。我就问你,今天是到什么时候了?自从火烧大碑楼到今天,派你去化缘,我倒问你,这一万银两工程,现在怎么样了?"济公说:"一万我可没有,我倒有九千。"广亮说:"我不跟你胡闹,我带你见老和尚去。"济公说:"别忙,火烧大碑楼的时候,我跟你说的是天交正午,到现在还差一个时辰呢。到时候如果没有一万两银子,我再跟你去见方丈。"广亮一听,说:"好,你就多待一个时辰,我看你上哪去弄来一万两白银!"

监寺广亮刚要走,看见从那边进来两个门头僧。一个伸手把监寺拉住说:"广师父,外面出了件怪事,刚才我们两个在山门坐着，看见从西湖大路来了一拨人。差不多有二三百，里面有当官的，也有经商的，都是有钱人。前头的两个员外，穿得很华丽。一位脸色发白，留着长胡子，另一位长得非常清秀，都带着二三十个家人。到了门外，把我俩叫过去，问：'这座庙是灵隐寺吗？'我们说是。那二位又问：'活佛在不在庙里？'我们说本庙里没有活佛。他们又问：'罗汉在不在庙里？'我们说：'庙堂里有五百零八尊金身罗汉，不知道你们二位给那位烧香？'那两位员外说：'不是找泥像，是找活佛罗汉。'我们说没有，他们就要去别处施舍。我们说：'员外别走，你们说这活佛叫什么名字，我们两个替二位折寿。'结果这两个员外先叩了头，又说：'我们两个人把活佛的名字说给你们听可是折寿三十年。'我们两个人折了三十年阳寿，你看怎么办啊？"监寺说："活佛到底是谁？你俩说明白了。"静明说："不行，我们俩不能说了。算命的排八字，都说我能活五十三岁，我现在已经二十二岁了，刚才折了三十年，赶早赶晚，明年肯定死啦，说多了没处往外找。"监寺说："我替你们俩一人折阳寿十年。"静明和尚不慌不忙说："我要是一说你就得折寿十年，活佛是咱们庙里的道济，你折寿十年啦。"监寺一听："哎呀，是道济呀？"静明说："得二十年。"监寺说："是道济不要紧啊。"静明说："你也三十年了。"广亮说："别闹了，往常他在庙里也不卖狗肉，今天凑巧有人找他，这可怎么办？哦，有了。"广亮就安排几个和尚披着偏衫打着法器，到门口迎接。那些人一看没有济公，二位员外恼了，说："众位，依咱们看，这些和尚都是妖言惑众，装模作样。这里善缘不巧，咱们去别的庙里施舍吧。"广亮赶忙说:"大家快跟我去见活佛吧。"

大家进了庙里,看见济公在大雄主殿前面闭着眼睛坐着,嘴里还说:"狗肉六文钱一块。"那两位员外一看,说:"大家来看,这才是活佛罗汉的样子,咱们抓紧上前磕头去。"监寺广亮一听,把嘴都气歪了,心里非常不高兴。心想我们大家正儿八经的迎接,他们说我们装模作样,道济在这里卖狗肉,他们倒说是活佛罗汉。再一看,来的人呼啦啦跪倒一片,给济公磕头,济公也不搭理他们。广亮怕施主不高兴,连忙过去说:"济公你太不识时务了,这么多施主来拜访,你怎么不应酬?"济公还没说话,这两位员外先恼了,站起来说:"你这和尚太无礼了,你敢呼喝活佛?"吓得监寺广亮往后倒退,不敢回话。

济公不慌不忙,睁开两眼说:"众施主来了,你们来做什么?"就听那穿白衣服的员外说:"弟子久仰圣僧大名,特地前来拜访问禅。"和尚说:"你馋了? 吃一块狗肉吧!"那员外摇头说:"我不吃。"那边穿蓝衣服的员外说:"我也是久闻圣僧大名,特地前来请问禅机。"济公说:"饥就是饿,饿了吃一块狗肉。"那员外说:"我二人原本是来问禅机妙理,并不是馋饥,是音同字不同。"济公说:"你们两人原来问馋饥两字,我和尚知道。"那两位员外说:"只要师父说对了,我们两人情愿修盖大碑楼;如果说不对,善缘不巧,我们去别的庙施舍去。"济公说:"你们二位听着。山里有水,水里有鱼,三七总共二十一。人有脸,树有皮,萝卜筷子不洗泥。人要往东,地偏要向西,不吃干粮尽要米。这个名字叫馋饥。"二位员外一听,连忙摇头说："我二人问的是佛门中的奥妙,参禅的禅,天机的机,师父说的这个一概不对。"和尚说:"这两人好大口气,也敢说佛门奥妙,问禅机。好好好,我和尚要是说对了怎么样?"那二位员外说:"要是说对了,我们两人捐银子修盖大碑楼。"和尚说:"你们两人过来听着。须知参禅皆非禅,若问天机哪有机;机主空虚禅主净,净空空净是禅机。"二位员外一听,拍手大笑说:"罗汉爷的佛法,弟子顿时明白了。来,监寺的看缘簿伺候。"广亮赶紧拿过缘簿,文房四宝。那穿白衣的员外让说:"贤弟先写。"那员外道:"大水漫不过船桅去,还是兄长先写吧。"那白衣的员外拿过笔来,又让那面三百多人:"大伙先写吧。"众人哈哈大笑:"水大漫不过鸭子去,还是员外爷先写吧。"那员外拿笔写上,头一笔是"无名氏施银一万两"。穿蓝衣的员外拿过缘簿一看,心想:我们都是来助济公一臂之力的,他既然写了一万,我也不能写九千。赶紧写上"无名氏捐银一万两"。大家有写二十两的,也写五十两的。写银就给银子,写钱立刻就给钱。

这些人原来是临安城的乡绅富户,都是济公平时造化下的,今天特地来现场兑现。写完了,那穿白衣的员外到里面坐下,说:"我城里关外有十六座大木厂,把大木厂也施舍在灵隐寺修盖大碑楼使用吧,盖完为止,随便使用多少。"众人说完了话,告别走了。济公才问:"师兄,这些银子够修大碑楼吗?"监寺的广亮立刻说:"富足有余。"济公说:"你就叫人动工修吧,我到我的施主家住几天去。"说完了话,济公兜起一兜狗肉,出了灵隐寺自己走了。

第九回
才女尹春香

　　这天，济公把秦相给的钱都施舍完了，正往前走，见前面来了两位员外，一位是赵文会，一位是苏北山。一见济公，两人赶过来行礼，说："师父，你老人家的官司完了？我们听说师父被秦相府锁去了，我们很担心，今天特地到灵隐寺去探访。"济公说："我官司已经完了，秦相也没把我怎么样。"便把相府里面发生的事情对二人说了一遍。苏北山一听说："今天喝酒了没？"济公说："我正想去喝酒。你们二位有什么好去处？"苏北山说："我们听家人传说，有一官家的女儿沦落在烟花巷里，就是不知道是真是假。我们想去看看。"和尚说："好，我也去瞧瞧。"赵文会说："师父，你老人家要上勾栏院（妓院），是不是有点不太方便啊？你是出家人，讲究修道参禅，要到那个地方去，不是要被别人耻笑？"和尚说："逢场作戏，也不是不可以。咱们三个，就一起去吧。"苏北山哈哈大笑。

　　三个人一同往前走，前面是东西的一条胡同，上面写着烟花巷。进了胡同，在路北第二个门，门口高高挂着大灯笼。门上有副对联写着："初鼓更消，推杯换盏多美乐。鸡鸣三唱，人离财散落场空。"和尚看完，三个人往里走。刚进去，门房便让:"原来是赵老爷、苏老爷二位员外来了!"和尚抬头一看,迎门是照壁,前面有一个栽满了荷叶莲花的鱼盆。照壁上有四句诗,写着:"下界神仙上界无,贱人须用贵人扶。兰房夜夜迎新客,斗转星移换丈夫。"

三个人往里面走,就见院子建得非常大。中间地上铺着方砖,有五间北上房,带着前廊和后院,东西配房各三间,东西配房还有院子,院子里搭着大天棚。北上房柱子上有一副对句,上面写着:"歌舞庭前,栽满相思树。白莲池内,不断连理香。"横批是:"日进斗金。"三个人刚到院里,就看见从上房出来一位仆妇,说:"苏老爷、赵老爷来了! 今天怎么会有空来玩呢?"说着还把珠帘高高掀起,三个人进到上房一看,见靠北墙有一张花梨俏头案,前面是一张八仙桌子,一边一张椅子,条案上摆着一个水晶鱼缸,里面养着龙睛凤尾的蛋黄鱼,东边摆着一个果盘,里面又有许多果子,四面摆着镜子,墙上挂着一个条幅,上面画着一个半身美人,上面还有赞扬美人漂亮的四句诗。画的两旁有一副对联,写的是:"得意客来情不厌,知心人至话偏长。"赵文会看了直点头,说果然是天生的美人。三个人坐下后,老鸨儿说:"老爷,今天是什么风把你们刮这儿来了? 你们可是好长时间都没来了。"苏北山说:"我等听家人说你这里新接来一个美人,把她叫出来让我们见见。"老鸨说:"我这院人都是新接来的,我叫来你们老爷随便看。"说了一声:"吩咐见客!"就听见外面娇滴滴答应着,一扭一摆进来四名美妓,个个打扮得非常漂亮。四人站下之后,报了姓名。四人一看还有个穷和尚在边上,都捂着嘴笑。济公说:"好好,你们两人看这几位怎么样?"苏员外说:"还可以。"和尚说:"你看谁都好。按我说,芙蓉白面,都是带肉的骷髅,漂亮的红妆都是会杀人的利刀。"说完,还随手写了一首讽刺的诗,大意是说这些妓女们打扮得花枝招展只是为了骗别人的钱财,还装作害羞的样子虚情假意。

赵文会二人看了哈哈大笑。只听老鸨说:"老爷吩咐叫哪个伺候?"苏北山说:"不是这几个人,你家新接来那个,我听说还是官家人家的女儿,是不小心误入了烟花,我们是特地来看她的。"老鸨原本就知道他们两个都是临安城首富,有的是钱,连忙说:"两位老爷不提那新买的人也就罢了,一提她我这心里就不好受,真是一言难尽啊。我们吃这行饭的人,一旦老了就不行了。我原先有个女儿,后来被花花太岁王胜仙大人买去作妾,虽然我得了几百银子,但是就指着那点银子,那也是坐吃山空啊!我这才又买了一个人,这人原来是金陵县人,她父亲叫尹铭传,先前作过刺史,母亲很早就死了。后来父女俩来到京城,住在胡万成的店里。她父亲想要在京城找个门路,没想到被骗子骗了几千两银子,功名也没得上。结果尹铭传一急得了病,他一口气在店里病了三个月,把积下来的银两也全用完了,就死了。他女儿春香就卖身葬父,我用了三百五十两银子把她买过来。等她来到这里,她一看是烟花院就火了,要寻死。我一细问她,合着有一百两银子都叫胡万成给赚了。胡万成告诉她,是卖给当官的当妾,她一见是勾栏院就不想活了。还是我苦诉她我的难处,这三百五十两真的不容易赚,你要是死了就害死我了。

她也好劝,说暂时住在我这里避难,如果遇到相知的人,愿意把她赎出去,银子少不了我的。她亲笔写了一首诗,说如果有绅商文雅的人,可以给他看看。"苏北山说:"你拿来我看一下。"鸨儿取来打开一看,二位员外一愣,上面写着:

万种忧愁诉向谁?对人欢喜背人悲。此诗莫作寻常看,一句诗成千泪垂。

济公他们三个看完,问:"尹春香在哪个院里?我们要见见这个人。"鸨儿说:"在东院,本来是我女儿住的房间,三位爷跟我来。"苏北山等站起来,跟着她出了上房,向东有四扇屏门,进去也是一所院落,三合房,北上房前出廊,后出厦。掀开帘子进去,只见北壁上挂着四扇屏条,两旁都有联头。一条上画一个女子在门口站着,有五六个男子都不走,站在那里看女子,上面有人题了诗句,大意说姑娘生得漂亮,在门口一站,不知道能招来多少喜欢她的人。第二条上画的是一个女子在那里梳头。一个男子仿佛要走,那个女子仿佛不叫男子走。上面也写了诗。第三条上面花了一位女子,拉着一位男子,仿佛要去睡觉的样子。第四条上画了床和帷幔,是睡觉的场景。也都各自配了诗。四幅图画两旁的对联写的是:"室藏金钗十二,门迎珠履三千。"两位员外瞧了瞧,果然是别有一番风景。进屋里正中间坐下,看见东边房间里垂着落地帷帐,西间屋也是。东墙上挂的条幅,上面画着的牡丹富贵图,有人题四书两句:"素富贵行乎富贵,素贫贱行乎贫贱。"两旁又有一副对联,上面写的是:"名教中有乐地,风月外无多谈。"鸨儿到里面说:"姑娘,今天赵老爷、苏老爷特地过来拜访,久仰姑娘这样的高才英貌。"就听见里面娇滴滴的声音说:"原来二位老爷来这里探访,待奴出去看看。"用手掀开帘子,从里面走出一位女子来。赵文会、苏北山、济公睁眼一看,果然是国色天姿,长得柔情玉骨,婉转动人。女子大约在十八九岁年纪,头上梳的是盘龙齿,身上穿的是素服。苏北山一看,就知道她是个好人家的女儿。一问女子的出身来历,那女子一脸怒容。就把卖身葬父,后被坏人拐卖,不小心落入烟花巷的事,从头到尾全都细说了一遍。两位员外一听,心中非常难过,便问道:"春香姑娘,你会吟诗吗?"尹春香说:"我粗通文理,多少会一点。"赵员外说:"你既然会作诗,就给我们作一首看看吧,比如感怀绝句什么的。"原来赵员外刚才看见那诗句,怀疑是不是春香自己写的,所以要当面试一试她的文理。尹春香不假思索,提笔就写:

教坊脂粉洗铅华,一片闲心对落花,旧曲听来犹有恨,故园归去却无家。云环半绾临妆镜,两泪空流湿绛纱,安得江州白司马,樽前重与诉琵琶。

写完后,递给赵文会和苏北山他们三个人看,连济公看了都赞美,说可惜了这样的才华,这样的人品,居然流落到烟花巷里,真是太悲惨了,实在让人看了可怜。正在这三个人叹气惋惜的空里,尹春香又作了一首七律诗,写道:

骨肉伤残事业荒,一身何忍入为娼,涕垂玉簪辞官舍,步蹴金莲入教坊。对镜自怜倾国色,向人羞学倚门妆,春来雨露深如海,嫁得刘郎胜阮郎。

济公将诗看完,连声说好。赵文会说:"来来,我也作一

首七言绝句。"鸨母将文房四宝送过来,赵文会不假思索,提笔一挥而就,上面写着:

误入勾栏喜气生,幸逢春香在院中,果然芳容似西子,卿须怜我我怜卿。

苏北山也信口作了一首绝句诗,上面写的是:

红苞翠蔓冠时芳,天下风流尽春香,一月饱看三十日,花应笑我太轻狂。

济公说:"我也有一首诗。"便说:"今天至此甚开怀。"尹春香听后说:"师父,你老人家是修道的人,叫我作什么?"济公说:"快快解开香罗带,赠与贫僧捆破鞋。"大家听了,连声大笑。和尚说:"二位员外可以做一件功德事。"苏北山问:"尹春香,你愿意找个婆家嫁出去吗? 还是另有别的打算?"尹春香说:"但凡能有喜欢行善的人,愿意把我从这火坑里救出去,我心甘情愿去尼姑庵做个小尼姑,我们尹家三代都感恩戴德了。"苏员外问:"鸨母,要赎她需要多少的身价?"鸨儿说:"我花费了三百五十两多,还不算她来我家这两月吃的穿的用的。"苏北山说:"这事好办。"赵文会说:"苏兄,这件事你交给我办吧。我花五百两银子把她救出来,送到城隍山上清贞老尼姑的清静庵中,叫她照应她也好。"吩咐家人立刻取了五百两银子交给鸨儿,叫家人雇轿,把春香送往尼姑庵。春香一听,连忙给三位跪下叩头,求三个人亲自把她护送过去。济公说:"很好,我们三个前头先走,在那里等你。"家人赵明带一拨人等着跟轿。济公三人出了勾栏院,一直奔城隍庙去了。

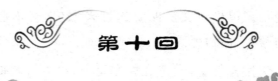

第十回

济公耍妖道

　　一天，济公带着高国泰、苏禄和冯顺从余杭县回京城，经过一个市镇，老远就看一个老道在作法，觉得有点奇怪。济公按灵光一算，一拍脑袋说："好孽畜，竟敢在这里装妖作怪。这事我可不能不管。"说完，济公带三人来到一家大户人家门前。原来这家是这地界上的巨富，主人是梁万苍梁员外，人称梁百万。这个人乐善好施，膝下还有个儿子叫梁士元，现在病倒了，外面道士就是给他作法。和尚吩咐三人在门口等着，自己跑到门口。一看几个家人，没说上几句话和尚就喊："喂！化缘来了！"拿手往嘴上一抓，往门里一扔。大家都捂着嘴笑。一连喊了三声。就看见梁员外从里院走了出来，说："什么人在我门口吵闹？"和尚打个招呼说："是和尚我，我打这路过，听说员外是个好人。不过我看这宅子犯五鬼飞廉煞，家里一定有病人，我要来净宅除鬼治病。一到门口，这些家人就问我要门包，我说我又不是来求员外，哪有门包给你们，所以吵起来了。"梁员外一听，忙说："这些奴才还不知道背着我在门口做了多少坏事呢！"家人就把发生的事一五一十地说给员外听，员外也不理论，问："和尚宝刹在哪里？"和尚说："我在杭州西湖灵隐寺,我叫道济,大家传的济癫僧就是我。"梁员外半信半疑,说："既然是济公大发慈悲,请随我来。"

济公跟着员外来到里面上房东里间,济公一看,公子梁士元就躺在炕上,昏迷不醒,两旁有许多婆子家人伺候。梁员外忙说道："儿啊,士元快醒过来!"连叫了数声,梁士元连头没抬一下。济公说："员外不用着急。我叫他说两句话,吃点东西,一会儿就能见效。"老员外非常高兴,说："既然这样,圣僧慈悲慈悲吧。"罗汉爷伸手把帽子摘下来,叫人把梁士元扶起来,慢慢把帽子给他戴上,口念真言:"唵嘛呢叭咪吽唵敕令吓。"梁士元慢慢把眼睁开,吐出一口气来,说:"来人,给我点水喝。"老员外一看,连连称好。和尚说:"冲这一手,值你一顿饭不?"梁员外说:"这是什么话?甭说一顿饭,就是我经常供奉你老人家,也是应当的。"和尚说:"那倒不必。"员外说:"圣僧你要吃点什么?我叫他们预备去。"和尚说:"你把你家管厨的叫来,我告诉他。"家人去把厨子叫来。和尚说:"你去预备糖拌蜜饯,干鲜果品,冷荤热炒,一桌子上等宴席摆上,咱们就在外屋吃。"员外赶忙答应。本来就是富贵人家,所有的东西都是现成的,待家人摆好桌凳,菜也都上齐了。员外请和尚喝酒,自己在边上陪着。员外见梁士元在屋里也能说话,也要喝糖水,还要吃东西,非常高兴。家人把菜端上来,员外随着和尚喝酒说闲话。正说到兴头上,外面进来一个家人,趴在员外耳朵上唧唧咕咕地说:"回员外话,道爷来了。"来的道爷正是五仙山祥云观的张妙兴,看梁家有钱,起了歹心,略施法术骗钱来了。这边梁员外还以为道士是来救他儿子的,一听说道士来了就犯了难,有心陪着和尚说说话,又怕老道挑理;有心出去迎接老道,又怕和尚挑毛病。老员外谁也不敢得罪,因为不管是谁把他儿病给治好了,老员外都得感谢人家。正为难,和尚说:"员外你一定是来了亲戚,不用拘束。"这一句话给老员外提了个醒。员外说:"是。"和尚说:"你去应酬亲戚要紧,可能还不是外人,说不定是你小姨子来了呢。"老员外一笑站起来,吩咐家人给圣僧斟酒,"我去看看,一会我就来陪圣僧喝酒。"说完站起来去了书房。

进门一看,老道早就坐那了,有一个家人在边上伺候他喝茶。梁员外赶紧行礼说:"仙长驾到,没能远迎,请恕罪。"老道说:"员外说的是哪里话,不必客套。"梁员外赶紧吩咐摆酒,问:"老道吃荤菜还是素菜?"张妙兴说:"荤素都可以。"家人收拾好桌子,上了一桌酒菜。老员外亲自给老道斟酒,一边陪着说闲话。梁员外说,"仙长,我跟你打听一个人,你知道不?"老道说:"有名的知道,不出名的就不知道了。"梁员外说:"西湖灵隐寺有一位济公,你知道吗?"老道心想:"我要说济公有本事,就显不出我来。"想完老道说:"员外你提的就是西湖灵隐寺那个总醉酒的济癫僧,没多大本事,不值得一提。"这句话还没说完,就听院里有人答话:"好个杂毛老道,背地里说人坏话。"只见帘子一起,济公走了进来。老员外一看,心想:"家人怎么不看好济公,让他跑到这里来了?这俩人见面,要是吵起来可怎么办?"原来和尚骗家人说要出来上茅坑,才走出来。刚到这西跨院里,正赶上老道跟员外说自己呢,于是和尚说着话走了进去。张妙兴刚要回答济公,没想到济公一抬头说:"哟,这屋里也有个老道,你可别挑眼,我没骂你,我骂那个老道呢。"梁员外赶紧站起来说:"圣僧请坐,仙长请坐,我给你们二位引见引见。"济公说:"员外不用介绍我们认识。"说着话和尚坐下了。家人给添了一份杯筷,和尚倒上酒就喝,老道一看和尚穿的破烂,就问:"和尚你是哪个庙里的?"济公喝了一口酒,把眼睛一眯说:"我就是西湖灵隐寺那个无知的癫僧,不值得一提的济癫。"老道一听,心里有点不痛快。和尚说:"张道爷贵姓呢?"老道说:"和尚你这是成心跟我找碴,你知道我姓张,还问我贵姓。"和尚说:"我跟你打听一个人,看你认识不?"老道说:"哪个?"和尚说:"我有个徒孙叫华清风,你认识吗?"老道一听气坏了,心想:"他居然说我师父是他徒孙,看我怎么收拾他。"想完说:"和尚你满嘴胡说,看我结果了你。"

老道立刻手中掐着符,口里念着咒,要跟济公斗法。老道说:"和尚我叫你三声,你敢答应我三声?"济公说:"别说三声,六声我都敢答应你,你叫吧。"老道一连叫了三声,嘴里念着咒语,把酒杯往桌子上一拍,说声:"敕令!"只见济公正喝酒呢,突然倒在地上不动了。梁员外一看吓坏了,忙说:"法师这是怎么了?"老道说:"我略施点小法术把他制住了。我这酒杯在这里扣一天,和尚就躺一天,我把这酒杯拿起来或给他吃点药,他才能活。"刚说完,和尚就站了起来。老道说:"我这酒杯还没拿起来,你就活了?"和尚说:"来,你还没给我药吃，我再躺下就完了。"老道说："和尚你敢把生辰八字告诉我吗？"和尚说："那有什么，我就告诉你，我是某年某月某日生人，怎样？"老道立刻口中念念有词，说声："敕令。"照着和尚头顶击了一掌，说声"急"站起来就往外走，说："员外，我走之后，你快把和尚放走，不然鸡一鸣他准死，你可要打人命官司。"

梁员外看济公昏迷不醒，就跟在老道后面追，说："仙长爷慢走，我来替和尚赔罪。"老道也不说话，一直回到五仙山祥云观里。对师弟刘妙通说："快给我绑个草人来！"刘妙通问："你又害谁呀？"张妙兴说："我这不是无故害人，只因我化梁员外，这个济癫和尚居敢耍弄我，我是要暗害济公，报仇雪恨。"刘妙通也不敢违抗，立刻绑个草人来放在那里。老道又让刘妙通置办物件。吃完晚饭，把八仙桌放在大殿前面，然后把香炉蜡扦五供，应用东西物件全都摆好，把两个草人放在两旁。等星星都出来了，老道到外面把道冠一摘，扎头绳一去，包头条一解，把头发散开，把宝剑拉出来，立刻点上香。祷告说："过往神灵，三清教主，保佑弟子，我要把济癫害了好化梁员外银两，我给烧香上供，挂袍还愿。"说完，把剑用无根水擦了，拿五谷粮食一撒，研了朱砂，撕了黄毛边纸条，画了灵符三道，把剑放好，粘上符咒，说道："快。"把宝剑一抢，道符的火光越抢越大，老道说："头道灵符，叫他狂风大作！二道灵符把济公魂魄拘来！三道灵符，我叫他人死为鬼，鬼死为灰！"

张妙兴正在大殿作法，做到第二道，想要拘济公魂魄，没想到济公亲自来了。老道非常生气,说:"好你个和尚,我拘你的魂魄,你人怎么来了?"原来老道自从云兰镇梁家出来,梁员外没追上老道,梁员外还以为济公死了。等回到书房,看见济公在房里坐着喝酒。梁员外心里特别高兴,说:"圣僧,你老人家没死呀?老道说把圣僧的魂魄拘走了。"济公说:"他把我的魂魄,你儿子的魂魄,都拘走啦。我今天晚上找他算账去。"老员外说:"算了,他一个出家人,这样作恶多端,早晚会遭报应的。圣僧不用和他一般见识。依我看,就由着他去吧。"济公也不回话,两人就在一起喝酒,一直到大半夜。济公说:"我到外面方便方便,一会儿就回来。"老员外还以为是真的,就由着他出来了。和尚出了梁宅,一直奔着五仙山去了。到了祥云观,一看老道正在作法。等老道第二次画符念咒,济公才随着风来到桌案前面。按说老道自己就应当明白,拘魂把人拘来了,济公这点道行就不能小看。可是这个时候老道已经昏了头了,只见他怒气冲冲地用宝剑一指,说:"癫僧,我化梁万苍,关你什么事?你好大胆子,无缘无故坏了我的大事。你今天要是识时务,就跪到我法台前面,喊我三声祖师爷。山人有好生之德,我饶你不死。要不然你看我用宝剑结果了你的性命!"济公说:"好你个妖道,居然还敢在这里兴妖作怪。你无故恶化梁万苍,见了我还敢这样无礼,我和尚越说越来气。"冷不防济公打了老道一个大嘴巴子,打得老道火冒三丈。举起剑来就往济公头上剁。两人就在大殿前面干上了,各显神通,打得眼花缭乱。老道恨不得一剑把和尚杀了,和尚跟他来回乱绕,左掐一把,右拧一把,气得老道哇呀呀直叫唤。老道身子往旁边一闪,从兜里掏出一块法宝,嘴里念念有词,就听一声:"敕令。"白亮亮一件东西向济公打过去。罗汉爷睁眼一看,只见半空刷啦啦一响,白茫茫的一个东西往自己脑门上砸过来。济公认识这件法宝,名叫混元如意石。这石头能大能小,大了能有好几丈,小了能小到可以装进兜里。这石头要是打人,一定能把人打得头破血流。济公禅师用手一指,嘴里念着真经:"唵嘛呢叭咪吽唵敕令吓。"这石头滴溜溜一转,现出了原形,落在了济公的袖筒里。老道看济公把他的法术给破了,气得青筋暴突,七窍生烟,伸手又掏出一个物件。老道站在正北,用剑一晃,嘴里念着咒语,手里掐着秘诀,只见就地起了一阵阴风,刮得人全身发冷。济公再睁眼一看,原来是一只斑斓猛虎,摇头摆尾,直接向济公扑过来。罗汉一看,好厉害的老虎,长得脑袋大耳朵圆尾巴小,浑身上下金灿灿的,勇猛无比,真不愧是林中之王。

济公看完哈哈大笑说:"好孽障,就你这点小把戏,也敢在我面前卖弄,这可真是江边卖水。"说着话,用手一指,那老虎现了原形,变成了一个纸老虎。老道一看济公接连破了自己两件法宝,不由得气往上冲,说:"大胆和尚,我叫你知道我山人的厉害。"说完从兜里掏出一根捆仙绳,往手上一托。老道说:"人无害虎心,虎有伤人意。我本来不打算害你,这是你自找的,来这里找死,别怪我无情。我今天要开开杀戒!"他这根捆仙绳,是最厉害的法宝,无论是什么妖精,捆上就得现原形。和尚一看,连说不好。老道嘴里念咒,把绳扔起来,

好厉害的老虎！

只见金光缭绕，奔着济公就扑了过去。济公连声喊嚷："救人哪！可了不得了！要捆和尚！"转眼就见这根绳把和尚捆了三道，和尚翻身栽倒。张妙兴哈哈大笑说："癫僧，我还以为你有多大神通，敢情你也就这点本事，看我怎么结果你的性命。"老道说着话，举剑照准和尚脖子就剁。宝剑砍了一道白印，就见和尚睁着眼瞧老道，也不说话，原来没有砍动。老道想：怪咧！我这宝剑怎么会砍不动和尚？老道一连又砍了几剑，还是一点也没砍动。老道豁然明白了，心想：莫非这是假的？再一瞧，捆仙绳捆的是一个石香炉。再找和尚，影子也没了。老道正到处寻找，和尚从背后掐了老道一把。老道一回头，气得直嚷嚷，说："好癫僧，气死我了！我今天和你誓不两立。"伸手从香炉里把那点着的一炷香拿起来，大殿旁边堆着一堆柴草，老道嘴里念着火咒，把柴草引着了。一团火直向济公扑过来。老道今天下了狠手，想用真火把和尚烧死。老道用咒语一吹，这团火扑向济公。济公用手一指，口中念着："唵嘛呢叭咪吽唵敕令吓。"这团火卷回去扑向老道，老道胡子也着了，头发也烧了，衣裳也着了，撒腿就往大殿里跑。老道遭报应是活该应当，不过这火把大殿也勾连上了，不一会大火冲天，烈焰腾空，火鸽子火蛇乱窜，就把老道烧死在里面了。济公也不管他，先过去把老道害梁士元做的草人拿起来，把七颗针拔出来，将梁士元的魂魄收在袖子里。也不管刘妙通死活，和尚就往外走。

　　和尚紧赶慢赶来到云兰镇，到了梁员外的门口，门前的家人一看到和尚回来，立刻说："圣僧，你这是上哪里去了？

我家员外都等急了。"和尚说："走吧。"迈步就往里面走,一直来到书房。梁员外一看便说,"圣僧,你老人家到哪里去了?"和尚说："我给你儿子找魂魄去了,现在已经把你儿子的魂魄找回来了。"说着话,济公来到梁士元的屋里,梁士元还是昏迷不醒。济公立刻把他的魂魄入了壳。过了一会儿,梁士元能活动了。老员外在外面摆上酒席款待济公。和尚说："梁士元已经好了,我明天还有急事要速回临安。"梁员外说："圣僧不必着急,我还要留师父多住几天,报答你老人家救命之恩呢。"和尚哈哈大笑,两人边喝边聊一直到天亮。

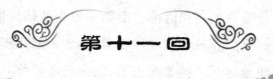

第十一回

昆山奇案记

　　在杭州附近的昆山县，有一户绅士人家，主人姓赵名海明，字静波，家里很有钱。夫妻两个有一个女儿叫玉贞，不仅长得漂亮，而且人也聪明。玉贞从小就读圣贤书，很懂得三从四德，赵海明非常疼爱。因为家大业大，又是绅士，所以赵海明挑女婿非常苛刻，女儿长到十八岁了也没嫁出去。后来经撮合嫁给了西街孝廉李文芳的胞弟李文元。李文元很有才气，人称才子。过门之后，李文元夫妻日子过得非常和美，过了一年，李文元下场考试，结果名落孙山。李文元心里憋气，就病倒了，而且越来越厉害，没过多久就去世了。赵海明一听女婿死了，顿时如同掉进了万丈深渊。老夫妻连忙来到李宅，看到尸体一阵痛哭。到了女儿房里，见赵氏玉贞连半滴眼泪都没落，赵海明和夫人就问："命苦的孩子呀，你丈夫去世，你怎么不伤心呢？"赵氏一听，说："娘亲，孩儿红颜薄命，我已经怀孕六个月了，虽然我现在难受，可是不敢哭，怕伤着孩子，是不孝啊！要是能生男孩，可以接续香火，若是女孩，也算是我那过世丈夫的亲骨肉。"说得凄凄惨惨，赵海明夫妇听了更加悲哀。后来生了一个男孩，起乳名叫末郎儿。

孩子出生后，赵氏就单独打扫出一所院子，为丈夫守节三年。孩子如果没有召见也不能随便进到那个院里去，赵海明夫妻也时常来看女儿。

一天，赵氏对他父母说："爹爹，娘亲，明天备一份寿礼来。明天是我哥哥李文芳的生日，你们来给他祝祝寿，好叫他照应你们这苦命的外孙子。"赵海明夫妻点头说："我们老两口明天一定来给他祝寿。"第二天，赵家先叫家人送来烛酒桃面，又送一轴寿幛，然后两人随后来到。李文芳不仅是本地的绅士，又是财主，又是孝廉公，所以昆山县的举监生员、绅董富户都来给他祝寿，排场非常大，热热闹闹的。等到大家都散了，李文芳和赵海明在书房摆了一桌酒，喝酒聊闲话。天有初鼓的时候，突然进来一个丫鬟，说二少奶奶房间那边有个黑影。两人一听，觉得奇怪，就跟着来到东院门口。使女叫了一下门，就听里面有脚步声，门一开，跑出来一个裸体男子。李文芳一把没抓住，气得脸色发青，说："你看你养的好女儿，这下怎么办吧？咱们是见官还是私休？"赵海明说："一切随你吧。"李文芳说："要是依我，咱们私休。"赵海明说："也好，我先写给你无事字据。"使女站在一旁听明白了，跑到里面上房一说，赵太太还有李家的太太丫鬟全来到了玉贞房中，一看赵氏怀中抱着小孩，睡得正香。丫鬟叫了几遍才把她叫醒，一看母亲嫂嫂都在这儿，忙问是怎么回事。使女便把事情从头到尾说了一遍，最后还加了一句："二主母你不用装憨，这男人的衣裳鞋袜都在这里呢。"赵氏一听气得浑身发抖，说："娘亲，孩儿现在说什么也分辨不清，但是我绝对没有做亏心事。"正说着话，赵海明和李文芳走了进来，赵海明非常恼火，对妻子说："快把这不要脸的女儿带走，我和李文芳换了字样，外面轿子已经准备好了。"赵氏玉贞抱着小孩出来，刚要上轿，李文芳过去一把抓住说："这孩儿是我兄弟的，你得给我。"把孩儿夺了过去。赵氏放声痛哭，坐着轿，母女跟着赵海明回了家。到了家里，赵海明气哄哄把门一锁，扔进钢刀一把，绳子一根，说："你这丫头，做这么不要脸的事，自己死吧，不然明天我把你活埋了！"赵氏太太心疼女儿，身子一仰早过去了。赵氏玉贞想：我要这么死了，会落个遗臭万年，还不如死在昆山县大堂上，死后还可以还我清白。想完便用钢刀把窗户撬开逃了出去。外面黑乎乎的，赵氏拿着钢刀磕磕绊绊地走，弄得满身是血。她也不知道衙门在哪里，就是往前走。走到天亮，正好有位老太太端着盆倒水，一见赵氏披头散发，一身的血迹，吓得大喊："疯子来了！"赵氏玉贞一听，顺着她的话说："好好好，来来来，跟我上西天见佛祖。"吓得老太太拔腿就跑，见人就说疯子厉害。正往前走，只见对面有人喊："我也疯了，躲开呀！"赵氏抬头一看，对面来了个穷和尚，还脏得不行了，心想：我是假疯，和尚是真疯，要是一会打到一块了可怎么办？吓得不敢往前走。来的这疯和尚，正是济公。济公来到疯妇人跟前说："要打官司随我去，不认识衙门我带着走。"赵氏心想：可能这和尚也有被冤的事，他要打官司，我倒不如跟着他走！和尚头里走，赵氏后面就跟着，大家看了都笑。只见对面来了轿子，和尚小声说："不用走了，昆山县的老爷来了，我得喊冤告状去。"赵氏一听,心想:这是该我鸣冤了。不一会儿,来了一队人马开道,赵氏在道旁喊:"冤枉哪!"轿子停下,老爷一看是个小妇人,便问怎么回事。赵氏便一一从头说了。老爷一听这件事,心想:她告的她娘家爹爹赵海明,婆家哥哥李文芳,清官难断家务事。正打算不管了,只听人群中有一人说:"放着案不办,只会比粮钱。"知县一听,说:"什么人喧哗,拿住他!"官人过去一找,踪影全无,老爷吩咐把那妇人带着回衙。回到衙门,赵氏说的还是那些原委,知县便把赵海明和李文芳传来。一问,赵海明自然没有话说。问到李文芳,他立刻把看见的事情一一描述,还送上来一个包袱,装的是男子的衣物。老爷一看,问:"赵氏,你屋里有这包袱没?"赵氏说:"有。"老爷说:"你既然是守节的寡妇,你那院里又没有男人出入,怎么有男子的衣服?你还来诬告,拉下去掌嘴!"赵氏一听,心想:我要在昆山县堂挨了打,还有什么脸见人?还不如死了,倒会有稳婆验我,还我清白。想完往前跪趴半步,说:"大老爷,先别动刑,小人有隐情禀告。"老爷说:"你讲!"赵氏说:"小妇人我苦守贞节,我院里并没有男人出入,有跟我同睡的人,就是孩儿的乳娘李氏。"不一会儿,李氏传来。一问,当天晚上李氏告假了,并不在院里住。县令一听,说:"赵氏,你这是刁词胡说,大概不打你,你也不说实话。来人给我拉下去掌嘴。"赵氏心想被打了再死太给赵氏门里丢脸,我还不如快点死,就说:"老爷您不必动怒,小妇人我还有下情。"知县说:"讲!"赵氏说:"我死后,老爷一定要派稳婆给我验尸,以还我清白,要是我死后老爷不验,让我蒙受冤屈,老爷的后代儿女也必然遭我这样的报应。"说完拔出刀来就要在大堂上自刎。幸亏旁边差人眼疾手快，伸手把刀夺了过去。知县正在无奈，就听外面一阵大乱，有人喊嚷："冤枉！图财害命，老爷冤枉！"老爷借这一乱，吩咐先把赵氏、李氏、李文芳、赵海明带下去，先办人命案要紧。

　　这边人刚带下去，门口就进来一个穷和尚，扛着包袱。边上还跟着一个，进来就迷迷糊糊跪下了。老爷说："和尚，你见了本县，怎么不跪？被冤枉了还是要告状？"济公说："因在庙里众僧人都欺负我，我师父叫我化缘单修一个庙。殿都盖好了，正要开光，偏巧下了半个月的雨，都塌了。我师父在这昆山县地面有两顷地，叫我卖了重新盖一座庙，我带着一个火工道，把地卖了，带着银子走在半路上，我那火工道说他要出恭，叫我和尚头里走。我在三岔路口等了有两个时辰，见这人背着我的包袱来了，敢情他把我的火工道图财害命了。"老爷把案桌一拍，说："你叫什么名字？为什么图财害命？"边上的人明白过来，一瞧这是公堂上，就说这包袱本来就是自己的。老爷说："和尚，你这包袱是他的？"济公说："我也不用跟他争，我和尚开个单子，他要是说对了包袱里的东西，就是我诬告他。要是他说不对，就是他图财害命。"老爷一听有理，就叫和尚写。写完了，呈给老爷一看，写着："红绫两匹，白布两匹五尺，黄绫一块，纹银二百两，大小三十七块，钱两吊，旧衣裳一身，鞋一双钉子十六个。"

　　老爷看完单子就问跪着的："你说包袱是你的，里面有什么东西？"回答说："我那包袱里有碎花水红绫两匹，松江白布两匹,钱两吊,用红头绳拴着,里面还有红绫一块,有旧头巾一顶,旧裤褂一身,旧鞋一双,有纹银二百两,没别的了。"老爷一听,说:"和尚,你写的跟他说的一样,叫本县把包袱断给谁?"和尚说:"老爷问的不够明白,老爷问他银子多少件?"这人说:"我那银子就知道是二百两,不知多少件。"老爷勃然大怒,说:"你的银子,你为什么不知道?"打开一看,银子果然是三十七块。老爷说:"你肯定是个惯犯,你把这和尚的香火道杀了,尸体放到哪里了?"回答说:"小的不是图财害命,包袱是有人给的,老爷不信问问本县的孝廉李文芳就知道了。"老爷一问,这县里就一个孝廉李文芳,于是传唤进来。李文芳到堂上一站,也不知发生了什么事。老爷指着跪着的人问李文芳:"你认识他吗?"李文芳一听:"这件事不好办,我别跟着他受这牵连官司。"就说:"回老父台,孝廉不认识他。"知县勃然大怒,说:"好大胆鼠辈,我不动刑,你也不肯说实话,看夹棍伺候!"三班人役,立刻喊堂威,有人过来把夹棍一放,吓得这人脸色大变,说:"老爷不必动刑,我全说。"老爷吩咐:"招来!"这人说:"小人叫汤二,自幼在李宅伺候我家二员外,指望我家二员外成名,我也可以发财。没想到我家二员外一病身亡,我心里烦闷,就天天醉酒取乐。这天我家大员外李文芳,把我灌醉了,问:'你愿意发财吗?'小人说:'人不为利,谁愿早起哪!'他说:'等我生日那天,你要能赤身藏在你二主母院里,我叫使女叫门的时候你就从里面出来,我给你二百两银子。'小人一时被财迷住,就答应了。昨天是我偷着藏在二主母院里,等到天晚,我溜进房里。我看见二主母抱着小孩睡熟了,就在床底把衣服全脱了,放在床上。等听到外面叫门,我就往外跑,正好被他们看见。我躲到花园里到天亮,才知道二主母被休了。我家大员外要谋夺家产,给了我二百两银子,我本来打算要回家。没想到遇见这么一个要命鬼和尚,把我带到这里来了。这是实情,我没说谎。"知县一听,全明白了。叫汤二画了供,便传赵氏等人。待师爷一念供词,大家才知道赵氏果然是冤枉的。赵海明更是懊悔的不行,差点逼死自己的亲女儿,于是立刻叩头请老爷做主。知县勃然大怒,说:"李文芳你既是孝廉,却为子不孝,做出这种事来,怎么对得起死去的兄弟?你认打还是认罚?"吓得李文芳战战兢兢,只有求老父台开恩,问认打怎样,认罚怎样?老爷说:"认打,我革去你的孝廉,本县还要重办你。认罚,本县给你恩典,你要把你家中所有的产业,归赵氏经管。他母子如果有什么差错,我拿你治罪。"李文芳说:"都是老父台的公断,举人愿意认罚。"老爷说:"虽然这样,我还是得责罚你,省得你恶习不改,给我打他一百戒尺。"打得李文芳直求饶。回头老爷命赵海明给女儿出钱立个贞节牌坊,流芳百世。赵海明满口答应着。县太爷又吩咐严惩了汤二,宣布结案。这边李文芳为表示悔改之意,约请了众多绅士来迎接赵氏回家,与末郎儿团圆。做完这一切,正赶上追济公的几个家人赶过来,济公便跟他们一道回临安去了。

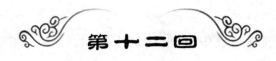

第十二回

火烧董家店

　　这天，雷鸣和陈亮被济公点住绑在树上，说要放蝎子咬他们，把他们吓得哆哆嗦嗦。没过多长时间，法力时间过了，这俩人抓紧逃跑。跑到一个小树林里，看到有两个人在前面撕扯。二人走近一听，原来是有人要图财害命。这坏人姓王名贵，是个江湖混混，这会儿抢了人家的钱正准备杀人灭口。雷鸣和陈亮听得清楚，一下子跳到他们面前，冲着王贵说："你把银子拿来！"王贵一看，来的两人长得非常威猛，只好把抢来的银子给了他们。雷鸣又说："还有呢，你腰里的，全交出来！"王贵不愿给，就支支吾吾地说："不要这样吧，都是兄弟！"转身就跑，这两人就追，跑到河边，王贵没路跑了，打斗起来，银子被夺走，还被砍掉了一只耳朵。王贵一急跳进河里。雷鸣他们一想算他走运，就回来了。把银子交还给被抢的人，又担心他再碰到强盗，就暗地里跟着走。

　　走着走着，天就黑了，两人便打算找个店住下。因为两人都是绿林中人，所以对地形都比较熟悉，知道这附近有家姓董的老头开了家客店。以往住店，店主都非常慷慨热情，这次两人又打算去那里住。他们哪里知道这董家店现在已经不姓董了。原来老掌柜一死，他两个儿子不务正业，天天跟江湖混混吃喝玩乐，这其中就有王贵。一天，王贵对二位公子说："二位少掌柜，把买卖给我做吧，我每年给你们几百吊钱。"两人就把店面让给了王贵。王贵本来就是恶棍出身，这下找了几个绿林中人做小伙计，帮他做买卖。只要有单身行客，行李看着值钱的，他们就谋害了瓜分钱财。王贵常跟他的伙计们说大话，说绿林中的大名人都是他的晚辈，大家也不知真假。这下王贵从外面回来，身上衣裳全湿了，耳朵还少了一个，一直流血。一个叫纪方的伙计爱开玩笑，就问是怎么回事。王贵说："别提了，真是丧气。我在小店吃饭，遇到别人打架，还动起刀来，就去劝，结果被他们误把我耳朵给削了。我一来气就想报仇，哪想到那人拿刀就跑，还跳水里去了，我就跳进去追把衣服也弄湿了。好多人跪着求情，我也不能不卖人情，就回来了。你给我拿衣服换了。"大家以为是真的，把衣服拿来让王贵换上。换好了衣服，王贵就坐到走廊上喝酒，边喝边后怕，心想多亏跑得快，不然命也没了。正在这时听到有人叫门，王贵还没说话，伙计已经把门打开了。雷鸣、陈亮往里一站，王贵吓得腿都麻了。急忙把灯灭了，一溜烟躲进房里，吓得心里扑通扑通乱跳。等伙计把两人让到东屋去，王贵把伙计叫进来，问："刚进来这两个人，你认识吗？"伙计说："我不认识他们。"王贵说："他们一个叫风里云烟雷鸣，一个叫圣手白猿陈亮。"伙计一听，说："这二位名头高大，咱们得跟他结交，回头不收他们饭钱。"王贵说："我告诉你，这两个人是我的仇人。"伙计说："怎么会跟你有仇？"王贵说："今天我在树林子里跟了号买卖，刚要动手，这两人过来给我问安，我问他们干什么，他们说见一面得分一半。我想就算交手他们也赢不了我，就没答应。偏巧我银子丢在了地上，我低头去捡，他们趁机割了我耳朵。今天活该回头把他们两个人害了，我正好报仇，有银子多少，你们大家分，我不要。"伙计说："好办。"王贵附耳说："你如此如此。"伙计点头。来到东配房说："二位吃什么？"陈亮问："你们这里有些什么？"伙计说："有炒豆腐、烩豆腐、豆腐干、豆腐丝。"陈亮说："不吃，有别的没？"伙计说："没有，我们掌灶的被人家请了去办喜席，连我们家伙也全借去了，你要喝酒的话，只有两只小鸡，用白水煮的，没有酱油。有酒但是没酒壶，要喝的话拿瓶子打二斤。"陈亮说："好吧，要二斤的瓶子打二斤酒，来两只烧鸡。"一会儿伙计都拿过来，两人开始喝酒。喝了几口，陈亮说："不知怎的，我心里闷得慌。"雷鸣说："我也觉得闷得慌。"说着话，雷鸣翻身跌倒。伙计一瞧，说："寨主，这两个人老了。"王贵说："好。"陈亮这时候心里明白着呢，一听是王贵的声音，知道自己要没命了。过一会儿，伙计看陈亮也躺下了，就去告诉王贵。王贵说："他们两个身上有一包三十两银子，那是我劫的人家的。还有一包五两，那是我的。他们身上要是还有多余的银子，我不要了，都是你们伙计的。"伙计们一听不大愿意，刚才说只为了报仇，现在又要银子了。虽然不高兴，伙计们也不敢说。

王贵拿着刀从上房出来，要杀雷鸣、陈亮。刚到东房台阶，就听外面敲门。王贵一听，说："纪方，你先把外面的人打发走了，别让他来搅和我。"伙计来到门口说："谁呀？"外面说："我睡觉来的。"伙计说："住店没有空房间了。"外面说：

"上房没有，就住配房。"伙计说："配房也没有了。"外面说："配房住满了就住厨房。"伙计隔门缝一看，是个和尚。来的人正是济公。原来下午济公和郑雄、马俊、柴、杜二位班头在小镇的酒馆喝酒，吃完外面还在下雨，郑雄说："师父，今天咱们就住在这后面店里，也方便。"济公说："好。"来到店里，说一会儿话，各自歇着了。睡到一更天，和尚说："柴、杜班头，快起来跟我去捉华云龙去，他在树林上吊着呢。"华云龙是个杀人不眨眼的采花大盗，这会儿济公他们出来就是为了捉他。柴、杜二班头说："真的吗?"和尚说："是真的。"二人起来，跟着和尚出了店。天还没有黑透，柴头说："师父，华云龙在哪里?"和尚说："我不知道!"柴头说："不知道你说什么?"和尚说："我叫你们两个起来逛逛雨景，上面下雨，下面踩泥，这比睡觉还好。"柴头、杜头两个气得不行，也不敢说什么。和尚来到董家店门口，要过包袱，重新包大一些，包裹好了，和尚就去叫门。伙计说："没房。"和尚说："别的倒没什么，我是保镖的，怕丢了物件，赔不起人家，所以求你们让我借宿一宿。"伙计隔门缝一看，问："你是个和尚，怎么说是保镖的?"和尚说："我保的暗镖。"伙计说："你保的是什么物件?"和尚说："水晶猫儿眼，整枝珊瑚树，古玩等货。"伙计一听，进去告诉王贵："外面来了个和尚，保暗镖的。净是些值钱的宝贝。咱们先发财好不好? 这次做成了能有几万，每个人能分个七八千。"王贵说："也好，先把东屋锁上，让他到上房去。"

伙计来到外面，开门一看，和尚连同两个人，搭着一个大包裹。和尚说："你帮着搬包裹。"伙计过来搬不动。和尚说："两位也帮着抬抬。"柴、杜二人也帮着，四个人抬着往里走。

来到上房,伙计心想:"这肯定是好东西,四个人抬都这么费劲,不知道他们三个人怎么搬来的。"和尚来到上房说:"纪伙计,贵姓呀?"伙计说:"你知道我姓纪,还问我贵姓?"和尚说:"我看你像姓纪,原来还真猜着了。"伙计说:"大师父要吃什么菜呢?"和尚说:"你们有什么?"伙计说:"你要什么都有。"和尚说:"炒豆腐、烩豆腐、豆腐干、豆腐丝,没得别的。我们掌灶的,人家办喜事请去了,连家伙都借了,有小鸡子两只,没作料,对不对?"伙计一听,心想怪呀,这话是我刚才跟那两位说的,和尚怎么知道?济公说:"我省得你说呀!"伙计说:"不是,你要什么菜全都有。"和尚说:"要三壶酒,来两样现成的菜。"伙计答应着,喊道:"白干三壶,海海的迷字。"和尚说:"对,白干三壶,海海的迷字。"伙计一听,吓了一跳,心想:了不得了,和尚也许懂的。伙计想完,就问:"和尚,什么叫海海的迷字?"和尚说:"你讲不讲理?你倒来问我,我还要问你呢,什么叫海海的迷字?"伙计想了一想说:"不是,我说的是要好酒。"和尚说:"我也是要好酒。"伙计把酒菜端上来。济公拿着酒壶看了半天,说:"伙计你喝呀!"伙计说:"我不喝酒。"和尚说:"老杜、老柴喝。"柴、杜二人每人各拿一壶来,三人喝了三壶,都倒下了。伙计告诉王贵:"把上房的三个人制住了。"王贵说:"好,先报仇,杀了他们两个人,然后再发财。"带领手下人,各自拿着钢刀就去东配房,要杀雷鸣、陈亮。王贵来到东房外,忽然找不着东房的门了,就问:"伙计,东房的门我怎么找不着了?"伙计说:"我也找不着门了,怪不怪?"王贵一着急说:"咱们先到上房杀和尚,然后再报仇。"众人又往上房奔。纪方说:"我动手。"他进了西里间,刚要举刀,一看和尚龇着牙,吓了纪方一跳,站在那里不能动。王贵在外面一瞧,看见纪方举着刀不杀,气直往上冲,说:"我叫你杀他,你举着刀吓唬人家吗?"王贵自己窜进去,要杀和尚,他刚一举刀,和尚用手一指,把王贵用定神法制住了。和尚说:"好东西,你要谋害我和尚,我叫你知道我的厉害。"和尚用手一指,把外面几个伙计全都定住。

做完这些事,和尚来到东配房,推门进去,掏出一块药,把雷鸣、陈亮扶起来,把药用开水化开给两人灌下去。不一会儿二人醒过来了,睁眼一看,见济公在眼前站着,雷鸣忙跪下磕头:"弟子不懂事,我害你老人家。你老人家不记仇,反而来救我,真是宽宏大量,弟子给圣僧赔罪了!"和尚说:"你也不用赔罪,我那两位班头叫人家拿蒙汗药治住了,在上房躺着呢,我给你两块药,你去把他们两个人救过来。他们要问你,你就这么说。"嘱咐了一通,雷鸣、陈亮点头,和尚仍然回上房躺下装着睡觉。陈亮、雷鸣来到上房,把柴头、杜头救过来。二位班头一睁眼,说:"原来是雷爷、陈爷,二位从哪里来?"雷鸣说:"我们从干家口来,到这里住店,叫不开门,我二人闯进来看见他们在店里要害你们,我们把他们抓住,把你们二位救过来。"柴头、杜头一看和尚还睡呢,二位班头这个气就大了,柴头说:"好呀!还说和尚能掐会算,叫我们住这个店,要不是你们二位,我们命都没了。你们两位拿药把和尚救过来问问他。"陈亮说:"药可没了。"和尚说:"浑蛋,从我腰里掏出块药来,放在我嘴里,还不行吗?"雷鸣等都笑了。济公说:"你们四个先出去,我报应他们。"四个人到了外面,和尚取过干柴一把,倒点油在上面,用火点着。

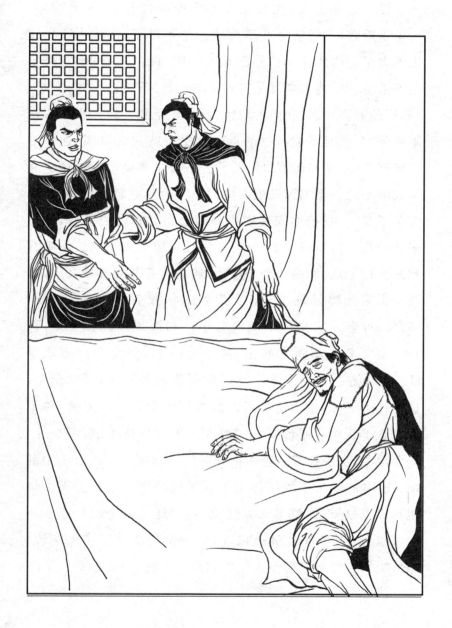

"浑蛋，从我腰里掏出块药来，放在我嘴里，还不行吗？"

　　没一会儿工夫，就看见大火呼呼着起来了，火光冲天。大家正看着，就听济公在里面嚷："了不得了，快救人哪！我出不去了！烧死我了！"外面众人一听，说："了不得了，济公出不来了。"雷鸣本来就是热心肠的人，一听济公大喊，心想："我用药酒害和尚，和尚不记仇，反而救了我一命。现在要是不救他，我就对不起自己的良心。"想完就往火里闯，连蹦带跳蹿到里面，见和尚在里面站着。济公本来是故意试试这几个人的心地。雷鸣蹿进里面说："师父不要着急，你老人家趴在弟子身上，我把你老人家背着蹿出去。"和尚说："好，你过来背着我。"雷鸣往地上一蹲，和尚往雷鸣身上一趴。雷鸣背起来就往上蹦，和尚一个千斤坠，连雷鸣带和尚都掉在火里，吓得雷鸣连蹿带跳躲开。和尚问："你背不动我？"雷鸣说："师父，你老人家别往下坠就好了。"和尚说："别往下坠，那行。"雷鸣又把和尚背起来，刚往上一起，和尚念："唵敕令吓！"两人忽忽悠悠上了天。雷鸣吓得魂都没了，说："师父，这要往下一掉，还不得摔成肉酱啊！"和尚说："不要紧，摔不着。"念了一句："唵敕令吓。"两人又忽忽悠悠下沉，一会儿，脚着地了，也没摔着。雷鸣把和尚放下，吓了一身汗，心中乱跳，说："师父，可把我吓坏了。"和尚说："我要带你上天去拜望拜望玉皇爷，你没那么大造化，咱们还是快走吧！回头叫人家瞧见，说咱们是放火抢夺，再把咱们法办了！"陈亮说："对，咱们快走吧！"四个人跟着和尚出了村，分道走了。

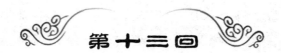

第十三回

铁佛庙除妖

　　济公带领四位班头追捕采花大盗华云龙，一路追着来到铁佛寺，看见大殿里一股妖气冲天。和尚一瞧，大殿里东边一张桌，有人管账，专收银子；西边一张桌，专管收钱。旁边有一位妇人在那里烧香。这妇人约有二十岁以外的年纪，头发梳得溜光，一脸白粉，看打扮不像好人。就见她在那边祷告说："佛爷在上，小妇人姚氏。因为我一个小亲家得了臌症（大肚子病），求佛爷慈悲慈悲，施点药吧。只要我亲家好了，我给佛爷烧香上供。"铁佛嘴里说出人话来："姚氏你有没有给佛爷带了一吊钱来？"姚氏说："带来了。"铁佛说："既然带钱来了，放在账桌上，佛爷给你一包好药，带回去保准会好。"姚氏说："谢谢佛爷。"拿着药就走了。

　　姚氏刚走，只见外面又来了一个少妇，从外面一步一个头，磕着进来。这妇人姓刘，娘家姓李，在开化县正南刘家庄住。丈夫在外面做生意，有几年没有音信了，因为家里穷，李氏靠做针线为生，对婆母非常孝顺。她婆母身上得了臌症，有两年了。刘李氏听说铁佛寺佛爷显圣，专治怪症。李氏一片诚心，从家里一步一个头，磕了一天一夜，才来到这里。刘李氏烧香说:"佛爷慈悲,小妇人刘门李氏,家有婆母,得臌症有两年了,求佛爷赏点药。只要我婆母好了,等我丈夫贸易回来,一定给佛爷烧香上供。"妖精一看,这病不是他洒的,他也治不了,说:"刘李氏,你给佛爷带钱来了吗?"刘李氏说:"我家里太穷,没有钱。求佛爷慈悲慈悲吧。"铁佛说:"不行。佛爷这里是一概不赊账,没钱不给药,你走吧。"刘李氏叹了一声说:"不怪人家势利,连佛爷都爱财,我有这一片诚心管什么用?"济公一瞧,知道这是一个贤良孝妇。和尚说:"这位小娘子不用着急,我这里有药,你拿回去给你婆母吃,立刻就能好。"刘李氏说:"谢谢大师父。"接过药走了。

济公来到大殿,一瞧这铁佛,是坐像。一丈二尺的金身,五尺高的莲花座。前面摆着香炉蜡扦,供着许多的仙果素菜。和尚过去,伸手拿了一个苹果,一个桃,拿过来就吃。旁边打磬的一瞧说:"和尚你是从哪来的? 居然抢果子吃。"和尚说:"庙里有东西就应当吃。你们这些东西,指着佛吃饭,靠着佛穿衣,算是和尚的儿子还是孙子?"这个打磬的一听这话,非常生气,过来就要打和尚。和尚用手一指,用定神法把这人定住。和尚跳上莲花座说:"好东西,你敢在这里兴妖作怪,祸害民众。我和尚正要找你,结果你的性命。"说着和尚照着铁佛就来了两个嘴巴子。烧香的乱成一团,说:"来了个疯和尚,打佛爷的嘴巴呢!"四个班头也站在外头瞧着。就听铁佛肚子里咕噜噜的一声巨响,声音像打雷,忽然山崩地裂地响一声。四位班头瞧着铁佛,一丈二的金身连同莲花座往前一倒,把和尚压在底下了。柴元禄、杜振英一跺脚,放声痛哭,说:"师父,你老人家死得好苦啊,居然死在这里。"杨国栋、尹士雄也一个劲叹息,说:"可惜了济公这么好的人,这一碰准砸在地里去,变成烂泥肉酱了。"杨国栋说:"柴头,你也不用哭了,谁都难免一死,咱们走吧。"

四个人正要走,只见和尚从庙外面进来了。和尚说:"柴头,你们报丧呢?"柴元禄也不哭了,说:"师父,你没死啊?"和尚说:"没有。好妖精,居然打算要暗害我和尚。我跟他势不两立,这就找他算账去。"柴元禄说:"我们眼瞅着他把师父压到地里了,您怎么从外面回来了?"和尚说:"没砸着我。我一害怕,蹿腿窜出去了。"正说话,和尚突然大喊:"了不得了,快救人哪,妖精来了。"这句话没说完,只见一阵狂风大作。从半空落下一个妖精,把和尚围住了。原来是金眼佛姜天瑞的师父,姓华名清风,人称九宫真人。专门练习旁门左道,是华云龙的叔父。他在古天山凌霄观修炼。当初凌霄观有一个正派老道姓黄,被清风杀了。他就占有了灵霄观。这个地方非常富庶,庙后有座塔叫烟云塔。每逢下完雨,塔底砖缝里都会冒烟,聚到半空里不散,跟浮云一样,是庙里有名的古迹。附近有钱的人经常为了看奇景到庙里住着。没想到自从华清风占了这庙,这座塔再也不冒烟了。华清风心里也觉得奇怪,经常看到有鸟在半空飞着,突然就飞进塔里,再没飞出来。再看塔的四面到处都是鸟毛。华清风非常纳闷儿,不知道塔里有什么东西。

这天华清风闲着没事,又望着塔尖发愣,忽听后面一声"无量佛",说:"华道友,你做什么呢?"华清风回头一看,见一个人穿着亚青色道袍,腰里系着丝线,脸色铁青,两道朱砂眉下面有一双金色的眼睛,满脸的红胡须。华清风一看自己并不认识，赶紧说："道友从哪里来的？"老道说："华道友，你不认识我吗？你是我的房东。我在你这里住了有半年了。"华清风说："是是，道友前面坐。"二人来到前面鹤轩坐下。这老道说："华道友，你真不认识我？"华清风说："我实在不认得，道友贵姓？"那道人说："我姓常，咱们俩有一段仙缘。"华清风问："道友在哪参修呢？"常老道说："我在盘古山。"华清风又问："常道友参修多少年了？"常老道说："这样说吧，文王出虎关，收雷震子，我亲眼看见过。姜太公斩将封神的时候，我太晚了没赶上。你不用问多少年了。"华清风有点明白了，这道士八成是个妖精。两人一盘道，果然常老道道行非常深，呼风唤雨，拘神遣鬼样样精通。华清风让他吃就吃，让他喝就喝，两个人很投缘。时间长了，成了知己。

一天，华清风说："常道友，咱俩关系这么近了，叫我瞧瞧你的身法行不？"常老道说："什么？"华清风说："我要瞧瞧你本来的样子。"常老道说："可以。你要瞧，得等到星星都落下去，太阳还没有出来的时候才行。咱们修道的人讲究避三光，要被照着了可能会有劫难。等明天星斗一落，天还没亮的时候，你打开庙门往北看，我在北山头等你。"华清风答应着。两人便摆上酒席，一直喝到日落，常老道才起身告辞。常老道走后，华清风告诉童子："到一更天就叫我，我得早点起来，不能耽误事。"童子答应。华清风躺在床上和衣而睡。到了一更天，华清风被童子叫醒，他来到外面一瞧，满天星斗。于是回到屋里喝茶，等到东方发白，出来一看，星斗都落下去了。华清风打开庙门，往北山坡一瞧，原来是一条大蟒。头在东山头，尾在西山头，真有几百丈长，有大缸那么粗。华清风看得倒抽了一口凉气，就见大蟒在那边抽来抽去，抽到了一尺长，一溜烟飞到半天空里了。华清风看得目瞪口呆，正在发愣，后面一声"无量佛"，说："华道友，你可看见了？"华清风回头一看是常老道，忙说："看见了，道友真是法力无边。"常老道说："华老道友，咱们道义相投，要有用得着我的地方就尽管说，我万死不辞。"华清风说："好。"两个老道，天天在一起讲道。

这天，姜天瑞来到凌霄观拜见华清风，说："我住的铁佛寺，有年头没修了，我想重修，可是工程太大了，银子不够。我来求师父给我出个主意。"华清风还没来得及说话，常老道答上了："不要紧，你得用多少银子？"姜天瑞说："总得一万两。"常老道说，"你回去吧。我明天在开化县洒三天灾。你贴上报单，就说铁佛显圣治病。不出十天，我能给你个十万八万的。"华清风说："好，谢过你师伯。"姜天瑞就给常老道磕了头，回去贴报单。常老道往附近的井里喷了毒气，只要有人喝水，就会得臌病。蟒精就来到铁佛寺，冒充铁佛说话治病。有钱人来求药，他要一两银子；穷人来求药，他收一吊钱。开化县八百九十多村庄，有许多人都得了病。妖精正好借机会聚钱，没想到今天济公来了。上前就打了铁佛一巴掌，把妖精给吓跑了。妖精跑出去一想："要是就这么被穷和尚赶跑了，怎么向老道友交代啊？我还不如直接把和尚吃了。"想完一阵风回来，显出原形，从半空里落下来，是一条三四丈长的大蟒，把和尚盘住，抬头就咬。和尚用手一捏蟒的脖子，蟒妖就不能动了，瞪着眼瞧和尚。和尚也不怕他，倒是把庙里做买卖的，烧香拜佛的，连着跟济公一起来的四个班头全吓跑了。就在这时候，外面一声"无量佛"，金眼佛姜天瑞来了。

原来姜天瑞带着华云龙逃往小西村，路上许多乡绅百姓把他拦住，互相行了礼认识了，众人说："我们村里家家户户有人得臌病，可能是佛爷为了修庙显灵了。现在请道爷帮忙回去代我们求求佛爷将这灾疫免了，我们主动凑钱修庙，道爷您看怎样？"姜天瑞说："好办。只要众位肯施舍银钱修庙，我可以求求佛爷。"正说着话，有人就见铁佛庙的两位和尚慌慌张张地跑来了，二人将情况一说，华云龙吓得就要跑。姜天瑞说："二弟不要害怕，等我去结果了济癫的性命替你报仇。"华云龙知道姜天瑞有本事，就跟着他一块回了铁佛庙。姜天瑞一看大蟒把和尚缠住了，立刻拔出剑说："好和尚，我叫你无缘无故来搅我。"对着和尚脖子就来了一剑。和尚一念咒语："唵敕令吓。"剑忽地落在了大蟒脖子上。扑哧一声响，鲜血直流，蟒头掉到了地上。这一剑打去了百年的道行，蟒妖一溜黑烟逃走了。

济公见蟒妖走了，说："道友我谢谢你，劳你大驾啦！"姜天瑞气得不行，说："臭和尚，我饶不了你！"和尚说："咱们有话去山后说怎样？"姜天瑞说："好！"带着华云龙和刚才报信那俩和尚一同出了庙门。来到没人的地方，和尚说："姜天瑞，你说怎么样？"姜天瑞说："济癫，你要识时务，跪下给我磕三个头，叫我三声祖师爷我就饶你不死。不然山人就结果你性命。"和尚说："好你个姜天瑞，作为出家人，你不但窝藏江洋大盗，还为了钱财妖言惑众，祸害百姓。见了我和尚，还敢这样无礼。就是你给我磕头，叫我三声祖宗，我和尚也不能饶你。"姜天瑞一听气坏了，举宝剑就往和尚头上剁。和尚溜身躲开，转到姜天瑞背后拧了他一把，姜天瑞回头用宝剑刺和尚，和尚又躲开，就这样绕着姜天瑞转圈。姜天瑞急了，转身跳出圈外说："好和尚，你来找死，别怪我无情！看我拿法宝取你性命。"姜天瑞站在那里，口中念咒，用宝剑一指，把脚一跺，只见半空里无数的石子散落下来，照着济公就打过去。和尚用手一指，把僧帽拿下来一接，这石子全都掉在僧帽里。和尚说："我今天不叫你知道我的厉害也不行。"一反手，把帽子里的石子全倒出来，堆成了一座山。和尚又用手朝姜天瑞一指，说："唵敕令吓。"姜天瑞打了一个寒战，就开始用手打自己嘴巴子。和尚说："对，真得打，使劲儿打，再打几十下。"姜天瑞自己打得满嘴流血。和尚说："该打！把胡子揪下来。"姜天瑞还真听话，自己就把胡子揪了下来。和尚说："姜天瑞，你自己所作所为，从今往后改不改了？如果不改过自新，我和尚现在就结果了你的性命。"姜天瑞自己也明白过来了，疼痛难忍，也终于知道了和尚的厉害，这才说："师父，你大慈大悲饶了我吧，我从现在开始改过，再也不敢干那伤天害理的事了。"和尚说："恐怕你心口不一，你得起个誓，我才放你走。"姜天瑞说："我再不改，叫我遭雷劫，打破天灵盖，头破而死。"和尚说："你去吧！华云龙你往哪里跑？"

华云龙站着瞧傻了，一听和尚这句话，吓得抓紧往西跑，跑得脚下生风，头也不敢回一下，济公就在后面追。

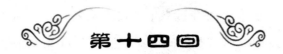

第十四回

 贼窝捉淫贼

这天济公从常山县衙出来,吩咐雷鸣和陈亮走后,和尚也起身告辞。回到赵员外家中,柴、杜二位班头,正等他等得着急。见和尚回来,赵员外就问:"圣僧到哪去了?"和尚说:"我在外面蹲着出恭,瞧见一个人拿着钱褡裢往前走,一个劲往外漏钱。我就跟在后面捡,跟了有八里地。"赵员外说:"大概圣僧捡了不少钱吧。"和尚说:"我边捡边往怀里揣,等捡完了我一摸,腰里没系带子,钱都漏掉了,一个也没落着。"赵员外一听也乐了,立刻吩咐摆酒,又留和尚住了一天。

第二天和尚要走,赵员外还要留,说:"圣僧不妨多住几天。"和尚说:"我实在有事。"员外拿出五十两银子来说:"圣僧带着路上喝酒。"和尚说:"不要不要,带着银子怪重的。"柴头说:"师父你要不拿着,回头咱们吃饭住店可都没钱。依我说就拿着吧。"和尚说:"要拿你拿着,用包袱包起来。"柴头就用包裹包好了。和尚说:"你们要拿华云龙,你们两个有什么本事啊?"柴头说:"我有飞檐走壁的本事。"和尚说:"你们看那房子从西往东数第十七根房椽子,你要能把这个银子包袱挂上了,我就带你们拿华云龙去。"柴头说:"那算什么!"拿起包袱一纵身跳上去，一只手抓紧椽，一只手把包袱挂上。柴头说："师父，你瞧是第十七根不是。"和尚说："走吧。"柴头说："把包裹拿下来呀。"和尚说："别不害臊了，还真拿人家银子，你跟人家什么交情啊？走吧！"柴头心想："你不怕饿我们还怕呢！"赌气没说话。和尚便带着两位班头告辞，出了赵家庄，一直来到曲州府。

走到一家酒店门口，和尚说："咱们进去喝酒去。"柴头说："喝酒不得花钱吗？"和尚说："把包袱挂在从西往东数第十七根房椽子上，你又问我。"柴头说："不是你叫我挂的吗？"和尚说："我叫你挂的？这是冤魂不散，神差鬼使叫你挂的。"柴头说："什么神差鬼使？"和尚说："走吧。"说着话进了酒铺，坐下要菜。这时，安西县和知府里派出来的那些官人，都盯上了和尚。和尚吃得八成饱，就说了一句："你把包袱挂在第十七根房椽子上，这回走不了了。"柴头说："不是你叫我挂的吗？"府衙的捕头刘春泰越听越是那么回事，便走过来问："朋友，从西往东数第十七根房椽子上的包袱，是你挂的？"柴头说："是我挂的。"刘春泰说："好。这场官司你打定了。"柴头刚要分辩，和尚说："不用说了，官司打了，我们可没有饭钱。"刘头说："饭钱我给。"柴头也没吱声，就知道和尚没安好心，要吃人家一顿饭。等到吃喝完了一算账，和尚吃了十两零三钱。刘头说："我给了，三位跟我们走吧。"和尚说："好。"大家一同出了酒馆来到知府衙门。刘头说："朋友，你说说吧，在三堂第十七根房椽子上挂的人头，杀的是什么人？尸身在哪里？你可得说清楚了。"柴头一听，说："什么人头不人头的？我不知道。"刘春泰说："刚才在酒馆，你不是说从西往东数第十七根椽子上的包裹,是你挂的吗?"柴头说:"不错。我告诉你,我姓柴叫柴元禄,他叫杜振英,我们二人是临安的马快。这个和尚是济公,奉秦丞相和赵太守的命令出来办案,捉拿乾坤盗鼠华云龙。昨天我们住在赵家庄,今天早晨济公问我们有什么本事能办华云龙,我说自己会飞檐走壁,济公叫我把五十两银子的包袱挂在从西往东数第十七根房椽子上,看看我到底有没有本事挂上。包袱是我挂的,可是里面装的可是银子。你要不信就看看我这海捕公文。"刘春泰一听,心想这顿酒钱白花了。

　　想到这里,刘春泰便把济公来的事报告给知府。知府以前在京城见过济公,知道济公是得道高僧,赶紧把他请到书房。两人一见面,先寒暄一番。太守问:"圣僧从哪里来?"和尚说:"我受秦相委托,带着两个班头出来办案,捉拿乾坤盗鼠华云龙。这个贼人偷了秦府的玉雕凤冠,在泰山楼杀死人,在乌竹庭强奸未遂杀死少妇。现在这个贼人就在老爷的地面上窝藏。"知府说:"在哪里?"和尚说:"在镇山豹田国本的家里。"知府一听,说:"原来是这样。我到任的时候,上任官长就对我说过,本地有一个恶棍田国本跟秦相是亲戚,上任知府就是他蛊惑秦相给调离的。我来后,他来拜过我一次。我问是什么人,他说是本地的百姓。我说他是黎民百姓,没有官职,不应该没事拜官,我也没见他。后来他家里回报说被偷了,我也不知道是不是真的。昨天晚上,无缘无故在我这三堂房椽子上挂了一个人头,我想这里面一定有蹊跷。"和尚说:"不要紧。老爷只要把田国本拿住,这案子就都破了。不过老爷要是派官人去拿可拿不了,田国本房子也多，外面一旦打草惊蛇，贼就跑走了。老爷你坐轿子去拜访他，把贼人稳住。我和尚扮作老爷的跟班，趁机拿他。"老爷说："圣僧扮跟班能行吗？"和尚说："怎么不行，老爷把跟班的衣服给我拿一身来。"边上有人给和尚打了洗脸水来，和尚一洗脸，把跟班的衣服换上，一看五官清秀，还真有跟班的样。老爷自己换好了官服，吩咐外面打轿。柴元禄、杜振英、刘春泰、李从褐，还有许多官人一并跟着。老爷上了轿，敲锣打鼓开道，一会便来到了田府门口。

田国本正在大厅里同邱成、杨庆、华云龙等说话，外面进来人说："知府来了！"田国本听了一愣，说："众位贤弟，前头里我去拜他他不见我。今天他故意来拜访，怕是来找事的。"邱成说："兄长不用担心，大概知府他知道兄长跟秦相是亲戚了，来赔不是的。"田国本一听觉得有理，就说："二位贤弟，你们先去东西配房躲着，要有动静你们再出去。我先去会会他。"大家点头，田国本立刻从里面出来迎接。到了大门外一瞧，见了许多的官人跟随。田国本来到轿前说："知府大人驾到，草民田国本接待来迟，望大人恕罪。"知府立刻吩咐下轿，说："久仰田员外大名，今天相见，不用客套。"田国本便往里让。知府往里走，济公贴身随后跟着。其他的随从官人都在二门外面站着等候。两人来到屋里坐下，田国本说："今天大人驾临，有什么事吗？"知府说："本府久闻员外大名，特地来拜访的，顺便你我好好聊聊。"说着话，济公站在知府身后，两眼一闭，身体往边上一靠，像是要睡着了。田国本一瞧说："大人，尊管家一定是熬了夜困了，不妨到外面歇歇去。"济公借他这句话，一睁眼就往外走，知府也不拦着。和尚出了大厅,直接往花园走。

　　到了花园门口,济公探头往里一看,见乾坤盗鼠华云龙就站在花厅门口,正往这边看呢。原来,他看田国本出来了,心里不踏实,想看看是不是来抓他的。出来瞅见跟班打扮的济公,接连招呼了几声,想打探一下来了多少人,济公装作没听见,也不搭理他。华云龙一赌气也不叫了,进了花厅。济公跟着来到花厅门口,两手把门一关,说:"华云龙,你这可跑不了了。"华云龙一听,是济公的口音,吓得魂都没了。华云龙说:"师父,你老人家为什么拿我?"和尚说:"我倒不打算拿你。我要拿你的话在小月屯马静的夹壁场早就把你拿了。再不然在蓬莱观我也早就拿住你了。"华云龙心想:"对呀,这次为什么要拿我呢?"和尚说:"田国本到知府衙门去送信,叫我来拿你。"华云龙一听,说:"好,田国本这个狗娘养的,真是人面兽心。"和尚说:"你就认了命吧。"用手一指,把华云龙用定神法定住。和尚转身出来到了二门,把柴元禄和杜振英叫进去。到了花园里,和尚说:"这是华云龙,你们去锁吧。"柴、杜二人喜出望外,来到花厅一瞧,果然不错,抓紧用铁链把淫贼锁上。和尚一伸手,从华云龙的兜囊里把奇巧玲珑透体白玉镯、十三挂嵌宝垂珠凤冠掏出来交给柴元禄。和尚说:"带着走,咱们拿田国本去。"

　　田国本原来是西川坐地分赃的大贼头。他自己金银存足了,眼瞅着手下的绿林人在外面作的案越来越多,田国本恐怕一人犯案会牵连大家,就带着家眷逃到曲州府,在那里买房落户。邱成、杨庆也一起跟着。先前倒挺老实本分,后来秦相的兄弟花花太岁王胜仙来到曲州府取租钱,在曲州府打了公馆。田国本去拜王胜仙，打算要走王胜仙的门子，就去看王胜仙喜爱什么。他一看王胜仙除了美女什么都不喜欢，就定了一个美人计。先是花了三千银子，买了一个名叫玉兰的漂亮歌妓。回到家里，田国本把玉兰叫到跟前说："玉兰，我打算用你走个门子，把你给秦丞相的兄弟。不知你觉得怎样？"玉兰说："员外有什么话只管吩咐。"田国本说："我明天请王胜仙来吃饭。你打扮的素气点，故意到厅房去找我，叫王胜仙看见你。他要问我，我就说你是我妹子，在家守寡。他要愿意，我把你聘给他，你也可以享受荣华富贵，比跟着我强一百倍，我也得一门好亲戚。"玉兰点头。第二天田国本就把王胜仙请来吃饭。正在厅房喝酒谈话，玉兰打扮好了来到厅房门口说："员外在屋里没？"说着话，一掀帘子，故意地说："哟，这群丫鬟真可恨，屋里有生客坐着也不告诉我。"说完用杏眼瞧了王胜仙两眼，放下帘子回去了。王胜仙瞧得眼都直了，忙问："田员外，这是你什么人？"田国本故意叹了一声说："这是我的小妹，出闺不到一月丈夫就死了。现在就在我家住着，倒是我一块病啊。"王胜仙说："员外怎么不再给找个人家另聘呢？"田国本说："没有合适的主，我也不肯给。"王胜仙也没再说。吃完了饭，王胜仙回到公馆对家人说："我自出生以来，没见过这样的美女，就是田国本他妹子，实在长得比西施好。"旁边有家人王怀忠说："太岁爷，我去跟田员外说去，就替你老人家续弦，大概他也愿意给。"王胜仙说："好。你要能给我说妥了，我给你二百两银子。"王怀忠说："行。"立刻到田国本家提亲。田国本正愿意，就把玉兰给了王胜仙。

玉兰过门之后，田国本从此倚仗跟秦相的兄弟结了亲，在本地无所不为，结交官长，走动衙门，包揽词讼。前任知府是清官，不合他的意，他给王胜仙一封信，王胜仙一见秦相就告状，秦相便奏折子把知府调开。这个知府张有德，又不合他的心，又给王胜仙一封信，王胜仙又去见秦相，秦相就问："你这是什么样的亲戚？皇上家的命官都不合他的意？什么事能让他说了算吗？"王胜仙碰了秦相的钉子，就给田国本写回信，让他查知府的劣迹，再参他一本。田国本先是自己偷了自己去告假状，又派人杀了人，把脑袋放到府衙椽子上，就是为了整倒张有德。没想到天网恢恢，疏而不漏。贼人正在厅房陪知府谈话，见柴、杜二位班头，锁着华云龙，跟济公一起来到厅房。田国本一见，勃然大怒，说："什么人这么大胆，敢在我这里办案？"贼人站起身，正想动手，被济公用手一指，定住了。刘春泰赶进来一抖铁链，把贼人锁上。邱成和杨庆听见一乱，拿着刀蹿出来要拒捕，也被济公用定神法定住，一块锁上。看众贼都被抓住了，知府吩咐押着贼人回衙。

　　回到衙门，老爷升堂前，先吩咐将放告牌搭出去，没多大工夫，就有二十多个人来告田国本。有告他霸占房产的，有告他抢夺妇女的，也有告他用账目折算田地的，什么样的都有。这时候，正巧安西县的曾大老爷，派人来请济公到衙门去喝酒。和尚一听，把贼人交给知府处理，自己喝酒去了。

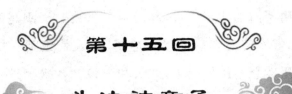

第十五回

斗法神童子

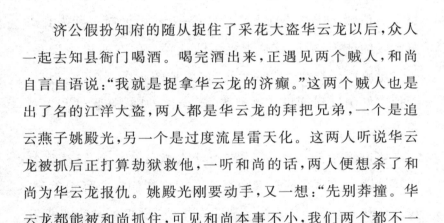

　　济公假扮知府的随从捉住了采花大盗华云龙以后，众人一起去知县衙门喝酒。喝完酒出来，正遇见两个贼人，和尚自言自语说："我就是捉拿华云龙的济癫。"这两个贼人也是出了名的江洋大盗，两人都是华云龙的拜把兄弟，一个是追云燕子姚殿光，另一个是过度流星雷天化。这两人听说华云龙被抓后正打算劫狱救他，一听和尚的话，两人便想杀了和尚为华云龙报仇。姚殿光刚要动手，又一想："先别莽撞。华云龙都能被和尚抓住，可见和尚本事不小，我们两个都不一定是和尚的对手，还不如暗地里跟踪他，晚上去行刺，叫他明枪易躲，暗箭难防。"和尚就说："对，你得看准我，我今晚上就住在府衙门西跨院里，要是不服就去找我。"这俩人心想："奇怪，我们心里想的他都能知道，这和尚有点来历。"暗中跟踪，和尚果然进了府衙。两人探明道路后，便回到店里休息。

　　等到二鼓天，两人摸进府衙西院，借灯光往屋里一看，和尚在床上睡着了。姚殿光说："你把风，我进去杀他。"雷天化点头。姚殿光刚要掀帘子进去，和尚一翻身爬起来，说："好东西，你往哪里跑？"贼人吓得掉头就跑，和尚随后就追。这两个人出了府衙跑了半夜,和尚追了半夜。天刚亮两人便跑出了城,好不容易瞧后面没人追了,两人就跑到一个靠山坡的林子里歇息。刚要坐下,就听和尚说:"才来啊!"吓得两人又跑。和尚用手一指,把两个人定住。和尚说:"我不打你们,也不骂你们。我找蝎子把你们咬死。"正说着话,只听山坡传来一声"无量佛"。和尚一看,来了一个长得像画里的童子一般的老道。他是铁牛岭避修观的,姓褚,名道缘,外号神童子。他师父叫广法真人沈妙亮,是万松山云霞观紫霞真人李涵陵的徒弟,褚道缘是李涵陵的徒孙。他在避修观出家,每天早晨起来都会到外面走走,借天地的正气,长长精神,今天他正好闲逛到这里。姚殿光、雷天化一瞧,赶紧喊:"道爷救人。"

褚道缘抬头一看说:"我为什么救你们? 你们是哪来的?"姚殿光说:"我们是天山县的。因为我们有个拜把弟兄,被这个和尚拿了,我二人要替朋友报仇,没想到被和尚把我们制住,要用蝎子咬我们。道爷救命吧。"褚道缘一听,说:"你们既然是玉山县的人,有一个夜行鬼小昆仑郭顺,你们认识吗?"姚殿光说:"那不是外人,郭顺是我们拜把兄弟。"褚道缘一听:"既然这样,这和尚是谁?"姚殿光说:"是济癫。"褚道缘一听,呵了一声说:"原来是济癫僧,我正要找他,还碰巧了。听说和尚在常山县捉拿孟清元,雷击华清风,火烧张妙兴,害死姜天瑞,屡次跟三清教为敌。我正要报仇,你还真来了!"和尚说:"杂毛老道,你想怎么样?"褚道缘说:"济癫,你要是知道祖师爷厉害,跪倒叫我三声祖师爷,我饶你不死。"

和尚说:"好老道,就算你跪倒给我磕头,叫我三声祖宗爷,我还不饶你呢。"老道一听真是来气,拉出宝剑就往和尚头上砍,一连几下,都被和尚躲过了。老道真急了,说:"好癫僧,看我用法宝收了你。"随手掏出一个扣仙钟。这是他师父给他的宝物,无论什么妖精碰上都得现原形。老道往空中一撇,口里念念有词,宝物突然变大,眼瞅着济公就给扣住了。褚道缘一看,说:"我还以为你有多大能耐,也不过就是一个凡夫俗子。"正要过去救姚殿光和雷天化,就听身后有人说:"老道,你敢多管闲事?"老道回头一看,是和尚。老道说:"好癫僧,居然让你逃出来了!"老道立刻又掏出一根捆仙绳来,说:"和尚,我叫你见识见识我的厉害。"和尚一瞧说:"可了不得了,褚道爷,你饶了我吧。"褚道缘说:"你无缘无故欺负三清教,我还能饶你?"说着把捆仙绳一抖,把和尚捆上了。褚道缘哈哈大笑说:"和尚,你叫我三声祖师爷,我放你逃走。要不然,我现在就把你扔到山涧里。"和尚说:"我叫你三声孙子。"老道一听火了,夹起和尚就往山涧里扔。和尚一把揪住老道的大领,"刺喇"一拉,把蓝缎道袍撕了一半去。老道见和尚掉到万丈深渊里,叹了一口气说:"我师父叫我不要没事害人,今天我作孽了。"愣了半天,心想和尚可能已经死了,回过神来,把姚殿光、雷天化救了。老道说:"和尚已经死了,你们走吧。"姚殿光二人谢过老道就走了。老道心想:"我也不回庙里吃饭了,去前面镇上找个酒铺,要一壶酒,要一个熘丸子,要半斤饼,一碗木樨汤就得了。"

　　想完老道就进了村口,一看路西是酒铺,酒铺门口,一个伙计冲老道一指说:"来了。"老道回头也没瞧见人,也不知道伙计在说谁。就进门找一张桌子坐下,伙计说:"道爷来了。"褚道缘说:"来了。"伙计也不问老道要什么菜,擦完桌子就送来了一壶酒,一碟熘丸子,一碗木樨汤,还有半斤饼。老道觉得奇怪,问:"伙计,你怎么知道我要吃这个?"伙计说:"当然知道。"老道说:"你们这买卖可要发财了。"没一会儿吃喝完了,伙计一算账,三吊二百八。老道说:"丸子卖多少钱?"伙计说:"二百四。"老道说:"怎么算出三吊二百八呢?"伙计说:"你吃了四百八,你师老爷吃两吊八,说让跟你的算在一处。"老道说:"谁是我师老爷? 在哪里?"伙计说:"是个穷和尚,吃了两吊八走了。他给留下半件蓝缎道袍,还有一根丝绦。还说你要是给钱就把缎子丝绦给你。"老道瞪着眼说:"你满口胡说! 他是和尚,我是老道,他怎么是我师老爷?"伙计说:"刚才和尚说你当老道当烦了,非要当和尚,还认他做师爷爷。他教你赶紧追,晚了他就不要你了。你要不认这两吊八百钱,我们留着丝绦和缎子也能卖出钱来。"老道有心不要,又害怕配的颜色不对,还得多花钱,只好把三吊二百八的饭钱给了。老道出来就追和尚,心想追上了和他拼命。正追着,对面来了一个走路的,说:"道爷是不是姓褚?"老道说:"是呀。"这人说:"刚才我碰见一个和尚,说是你师爷爷,叫我给你带信,说叫你快去追,晚了他就不要你了。"老道说:"你满嘴放屁! 他是你师爷爷!"这人说:"老道你真不讲理,我好心给你带信,你怎么还骂我呢?"老道也不说话,气呼呼地追和尚。忽然看见跟前有口井,有几个人在井边打水。老道也渴了,就过去喝水。刚要说话,打水的一个说:"道爷叫褚道缘吗?"老道说:"不错。"这人说:"刚才你师爷爷留了话叫你少喝点,怕你闹肚子。"老道说:"谁是我师爷?"这人说:"穷和尚。"老道说:"那是你师爷。"这人说:"老道你怎么出口伤人?你别喝了!"老道说:"不喝就不喝。"气得老道要发疯,拔腿就跑。

刚来到一个村头,就看到从村口里出来二十多个人,一个个拧着眉毛,眼睛瞪得溜圆。老道也没在意,没想到这伙人围过来,把老道揪住就打。原来前头济公来到这个村里,看到有一个茶馆,里面有不少喝茶的人。和尚进来就说:"众位快救我!"众人说:"怎么了?"和尚说:"村外有一个老道正在耍宝剑,要给村里下阵雾,他说叫这村里都生病,非他治不好,他好化三千银子。我一劝他,他恼了,说我要坏他的事,拿宝剑要杀我。"众人一听:"这还了得,咱们把老道拿住活埋了。"大家出村一看,果然来个气冲冲的老道,围住就打。老道直喊:"你们为什么打我?"众人说:"你来下阵雾害我们村里人,不打你打谁?"老道问:"谁说的?"众人说:"和尚说的。"老道说:"我跟和尚有仇,你们别听他的话。我是铁牛岭避修观的,叫神童子褚道缘,我正要找和尚。他在哪里?咱们对对。"大家一起来到茶铺,一瞧和尚没了。众人说:"和尚哪去了?"有人就说:"和尚到隔壁给田二爷瞧疯病去了。"老道一听,恨不得把和尚剁成肉酱。赶紧来到田宅门口喊叫:"济癫僧快出来,山人跟你拼一死活!"

原来在茶铺,和尚看大家去打老道了,就说:"我和尚指着瞧病为生，无论什么病我都能治。"旁边就过来一个人说："大师父，我们田二爷疯了不是一天两天了，见人就打，现在锁在后面空房里，你能治吗？"和尚说："我一治就好。"这人说："那你跟我来。"带着和尚来到院里，和尚问："在哪呢？"这人说："在后院锁着。"和尚叫把钥匙拿来，自己来到后面，把锁一开，疯子从里面跑出来了。跑到门口，正好老道在叫和尚。疯子出来揪住老道就打，把老道摁倒，又踢又打，打完还在老道脖子上撒了一泡尿。大家好不容易才把疯子拉回来。和尚说："我这里有一块药，回头给他吃了就好了。"和尚拿了点东西，从院里出来，正碰上大伙都在劝老道："回去吧，他是个疯子，有什么办法。"老道猛一抬头，见和尚在那边站着直乐。老道一瞧，更加来气，说："好和尚，你往哪走？"和尚掉头就跑，老道随后就追。

　　追出村口，一瞧和尚没了。眼前有三间土地庙，后面还有脚步的声音。褚道缘绕到庙后一看，站着一位老道。这人不是别人，正是他师父广法真人沈妙亮。褚道缘赶紧跪倒磕头，说："师父在上，弟子有礼。"他师父不说话。褚道缘又磕头说："师父在上，弟子有礼。"越磕头他师父越不说话，褚道缘也不知道他师父为什么干瞪眼不理他。正纳闷，和尚过来说："褚道缘，你也就这点道行，一个鸡蛋窝，你就磕一百多头，明天给你个鸭蛋窝，叫你磕二百头。"褚道缘听和尚一说，再一瞧，是一根苇子挑着一个鸡蛋窝。褚道缘气得脸色都变了，一拉宝剑，和尚又没有了。

　　褚道缘生了半天气，看天色晚了，就去三清观投奔他师叔李妙清。褚道缘来到庙里把事情一说,李妙清说:"不要紧,明天我同你找济癫去。"褚道缘生气,没吃饭就睡了。第二天一大早褚道缘就从庙里出来,去找和尚拼命。出庙没走多远,就看见前面来了一个老道,穿戴打扮跟自己师父一样。褚道缘以为这是和尚用鸭蛋窝要笑他,没想到这真是沈妙亮。原来沈妙亮化了一千银子打算修庙,自己用了二百两,因为之前发过誓不会挪用修庙的钱,怕遭报应,这会儿来找师弟借银子来了。沈妙亮正要问徒弟上哪去,见褚道缘把眼一瞪,说:"好鸭蛋窝,你认为我不认识你。"沈妙亮一瞧说:"褚道缘不是疯了吗?"褚道缘拉出宝剑就砍。沈妙亮用手一指,把褚道缘定住,说:"你这孽畜,真是没事找死。"伸手拉出分光剑就要杀褚道缘。褚道缘这才明白原来不是鸭蛋窝,真是师父到了。赶紧求饶说:"师父先别杀我,我有下情。"沈妙亮说:"好孽障,你为什么叫我鸭蛋窝?抓紧说!"褚道缘就把事情的来龙去脉一一说了,沈妙亮听完,这才把气消了,说:"原来是这样,你先跟我去你师叔庙里,有什么事咱以后再办。"褚道缘答应着,一边跟着沈妙亮,一起进了三清观。

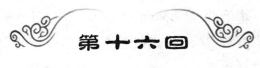

第十六回

义救冯元庆

　　这天,济公和柴、杜两位班头押解采花大盗华云龙进京。快到临安的时候,和尚说:"我要头里走了。"柴、杜说:"师父别走。要是师父走了,出了差错,那还了得。"和尚说:"不要紧,没有差错。我说没有,你们就尽管放心。要是有了差错,那算我和尚的差错。"和尚说着话下了船,施展佛法来到了钱塘门。

　　和尚刚一进门,就看见钱塘县知县坐着轿子,鸣锣开道,后面跟了许多官人,还锁着一个罪人,戴着手铐脚镣。和尚抬头一看,念了一声:"阿弥陀佛!这样的事,我和尚怎么能不管? 要是不管,这样的好人被屈打成招,就得死在菜市口,这么残害生命,我和尚哪能眼睁睁就这么看着?"说着话,和尚过去说:"众位都头,带着什么案呀?"官人一瞧,是个穷和尚。有认识和尚的官人就说:"济师父,告诉你,他是图财害命的劫路犯。"和尚说:"有点冤枉,把他放了吧。"众人说:"谁的意思?"和尚说:"我的意思。"官人说:"你的意思不好使。"说着话,就见这个罪人的爹娘妻子孩儿,一个个哭哭啼啼,跟了过来,非常悲惨。原来这个罪人,姓冯,名元庆,住在临安城东二条胡同,家里有父母妻子孩儿。他本来是锤金匠的手艺人,特别精明诚实。他有个师弟姓刘,名文玉,在镇江府开锤金铺。因为用人不当,买卖赔得非常厉害,实在没有办法了,就把冯元庆请去帮他照料买卖。冯元庆实心办实事,任劳任怨地帮衬他师弟打理买卖。差不多过了四五年的光景,师兄弟俩齐心合力,不仅把赔掉的钱赚了回来,还赚了不少。刘文玉非常感激冯元庆这几年的苦劳,拿冯元庆当作亲弟兄看待。正打算把买卖分给冯元庆一半,每年让冯元庆回家一次。没想到冯元庆终日操劳,常常生病,支撑不了了。于是跟刘文玉说:"我要回家歇工,把病养好了再来。"刘文玉一看师兄真是病得非常厉害,也不能拦着,就给了他五十两银子,让他回家养病。冯元庆自己还有二十两银子,也带着,回头雇了一只船回临安。这天傍晚到了临安,天都快黑了。管船的不让冯元庆下船,说:"天晚了,明天再下船吧。"冯元庆这时候想家想得厉害,恨不得一步迈到家里。也没管船家的劝告,自己拿了铺盖被褥下了船,步行回家。一直走到东城城下,他就走不动了。本来身体就有病,加上天也黑得快,眼瞅着离家还有二里地,冯元庆就想还不如歇歇再走。没想到往地下一坐就睡着了。

到了二鼓天,打更的过来瞧见了,就把冯元庆叫了起来,说:"你怎么在这里睡着了?这里常常有劫路的。"冯元庆说:"我家住在二条胡同,我这得病了从镇江府回来,傍晚刚下的船。我走到这里走不动了想歇歇,没想到睡着了。"打更的说:"你快回去吧。"冯元庆刚要走,打更的拿灯笼一照,发现眼前有一具男子的死尸,脖子上有一处刀伤,一看就是刚杀的。打更的把冯元庆揪住,说:"你杀了人还敢在这里装睡,今天别想走了!"冯元庆说:"这不关我的事,我不知道啊。"打更的说:"那可不行,你走不了。"当时揪着冯元庆就去找本地的官人,立刻把冯元庆送到县衙去了。新到任的这位钱塘县令姓段,叫段不清。一听官人抓到了杀人犯,立刻升堂审问。冯元庆说:"回老爷,小人姓冯,叫冯元庆,住在东城根二条胡同。我是锤金的手艺人,以前在镇江府做买卖。因为有病了才坐船回家,没想到下船晚了。走到树林子又走不动了,本想歇歇却睡着了。打更的把我叫醒,眼前就有一个死尸,我也不知道是什么人杀的。"知县说:"你这话全不对,拉下去打。"打完了又问,冯元庆仍然说不知道,于是把冯元庆押了起来。

第二天知县来到停尸房验尸,有人认尸说:"被杀的人是钱塘县大街天和钱铺的掌柜,姓韩。昨天到济通门外粮店取了七十两银子,一夜没回铺子,不知道被谁杀了,银子也没了。"知县验尸回来,一搜冯元庆的被套,果然有七十两银子。知县心想,那肯定不是别人干的了,一定是他谋财害命。于是命令对冯元庆严刑拷打。冯元庆被打得实在承受不住了,心想:"我这肯定是命不好,遇到前世冤家了。"就说:"老爷不必用刑了,人是我杀的。"知县问:"刀是从哪里来的?"冯元庆说:"随身带的。"知县叫他签字画了供,就把案结了,往府衙呈递文书。知府赵凤山是个精明的官吏,一看口供模模糊糊,话语支离破碎,上句不接下句,就起了疑心。他心想这个

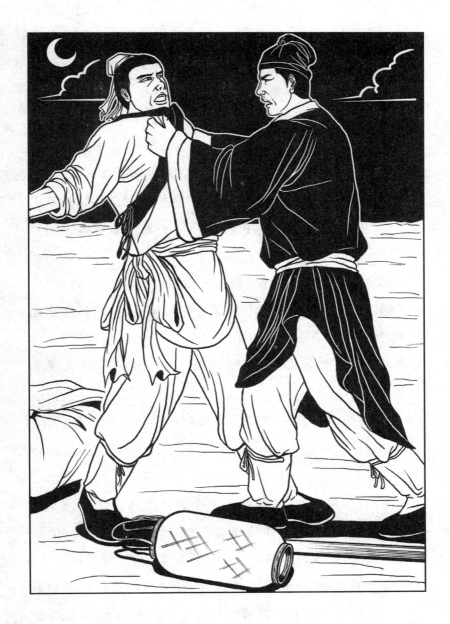

"你杀了人还敢在这里装睡，今天别想走了！"

案子不能这么办下去，就把知县的文书驳了，下令把冯元庆从县衙提出来，押到知府衙门自己亲自审讯。于是知县将冯元庆提出来，坐着轿子叫官人押解着犯人送到知府衙门去。冯元庆的父母妻子听到消息，都赶了过来。他娘说："儿呀，你怎么会做出这样的事来？"冯元庆叹了一声说："爹娘二位双亲，就算你们白养了儿子一场，孩儿不能够在爹娘跟前养老送终了。孩儿哪里做过这样的事，这也是我命不好，有口难辩真假，严刑拷打儿子实在受不了啊！等我的尸体送到菜市口，家里帮我买具棺材，把尸体领回去吧！"他爹娘妻子一听这话，心如刀绞，一个个泪如雨下。四圈里来看热闹的人，看了都觉得可怜。这时候，和尚过来说："他冤屈，你们把他放了吧。"官人说："谁敢把他放了？你见知府去，叫知府把他放了，我们可没有那么大的胆子。"旁边有认识和尚的说："济公你要是打算救他，就去见知府去。"和尚说："我就去见知府去。"

和尚走在前头，一会便到了知府衙门。一到门口，官人问："你找谁？"和尚说："你去告诉你们老爷，就说灵隐寺济癫来了。"官人一听，不敢怠慢，赶紧进去回报。知府赵凤山也正因为前段时间济公带自己的两个班头出去捉拿华云龙已经有两个月多了，一点音信都没有，非常挂念。今天一听说济公回来了，赶紧吩咐请进来。官人出来让着，和尚往里走，知府降阶迎接，举手抱拳说："圣僧一路操劳，辛苦啦！"和尚说："好说好说。"两人一起来到书房坐下。刚喝上茶，就听到有官人进来回禀："外面钱塘县的大老爷，把杀人犯冯元庆带到了。"知府说："叫他稍等会儿，我这里会客呢。"和尚说："老爷升堂吧，我和尚特地为这件事来的。"赵凤山说："我的两个班头呢？师父将华云龙拿住了没？"和尚说："随后就来了，咱们一会再说。老爷先升堂问案，我和尚要瞧瞧问供。"知府立刻下令要官人们准备，要升堂审案。

知县上来行礼说："卑职特地将冯元庆带到，等候大人审问。"知府叫人给知县搬了旁座。知县瞧一个穷和尚也在旁边坐着，心想："我是皇上家的命官，百姓的父母，他一个穷和尚，也配在大堂坐着？"知县有点不高兴，他也不知道济公是秦相爷的替僧。这时，知府命令把冯元庆带上来，说："冯元庆，东树林图财害命的案子，是不是你干的？"冯元庆说："老爷不必问了，我领罪就是了。"知府说："你说实话，是怎么杀的？"冯元庆说："小人实在是冤屈，县太爷严刑审讯，小人受不了那酷刑才招了。"自己就把先前被屈打成招的经历说了一遍。知府心想："现在有活佛在这儿呢，我倒不如求他老人家来分辨分辨。"想完就说："圣僧，依你老人家瞧，这件事该怎么办？"和尚哈哈大笑，说："冯元庆是被屈打成招，是冤枉的。"知府说："圣僧既然说冯元庆是冤枉的，那杀人凶手到底是谁呢？"和尚说："凶手好办。我和尚出去就把凶手抓来。"知府说："有劳圣僧了。"和尚说："老爷可以派两个人跟我一起去。"知府就派雷思远、马安杰跟着圣僧去办案。

雷头、马头跟着和尚出了衙门，和尚说："我叫你们锁谁就锁谁，叫你们抓谁就抓谁！"雷头、马头说："那是必须的。"说着话往前走，对面来了一个人，穿着一身孝服，手里提着菜篮子。和尚过去说:"你干什么去?"这人说:"我去买菜去。"
和尚说:"你给谁穿孝?"这人说:"我给我母亲穿孝。"和尚说:
"雷头过来,把他锁上。"雷头过来,就把这穿孝的人给锁上
了。这人说:"你们为什么锁我?"和尚说:"你母亲死了,你为
什么不给她放焰口念经呀?"这人说:"我没有钱。"和尚说:
"不行,咱们就打场官司吧。雷头,把他带到衙门去。"雷头一
听和尚说的不太像话,也不知道和尚是什么意思,又不敢违
背,于是带上这人就走。旁边马安杰就问:"朋友你贵姓?"这
人说:"我姓徐,叫徐忠,在东城根四条胡同住。我是做厨子
的。"雷思远又问:"你母亲怎么死的?"徐忠说:"紧痰绝老病
复发死的。"和尚说:"你也不说实话。把他的孝衣白鞋脱下
来,带到衙门去,叫老爷问他去吧。"来到衙门,先把他的孝衣
脱了下来。带着来到里面回禀知府老爷,知府立刻升堂,命
令把徐忠带上来。和尚在旁边坐着。老爷问:"你姓什么?"
徐忠说:"我姓徐,名忠。"和尚说:"你母亲到底怎么死的?"徐
忠说:"紧痰绝老病复发死的。"知府说:"圣僧,他到底是怎么
回事?"和尚说:"他把他母亲害死的。"知府一听愣了,说:"徐
忠你要说实话。"徐忠说:"回老爷,我母亲真的是病死的。"和
尚说:"老爷去验一下尸就知道了。"知府立刻传刑事房的仵
作,带着一起去验尸。

　　知府坐着轿子,押着徐忠,和尚跟着一同来到徐忠家里。
地面上的街坊邻居都说:"老爷胡闹,徐忠他母亲明明是病死
的,大家伙帮着入殓的,都看见了。"知府吩咐将棺材抬出来。
徐忠说:"老爷要开棺验不出伤来,会怎样?"知府说:"你这混

账东西！济公活佛既然说你母亲死的有原因，那就肯定有蹊跷。来人，给我开棺验尸！"刑房仵作过来一瞧，见老太太死尸完好无缺，没有伤口。连刑房仵作也愣了，心想："我们老爷无缘无故要开棺验尸，这一来乌纱帽怕是要保不住啦！"知府问仵作："死尸有伤没有？"仵作痴呆呆发愣，知府也大吃一惊。和尚微微一笑说："徐忠你还不说实话？"徐忠说："我母亲是病死的。老爷无缘无故要开棺验尸，我有什么法子？"和尚赶过来，照着棺材堵头就是一脚，把棺材堵头给踹掉了，从棺材里滚出一颗男子的人头来。知府一看，勃然大怒，说："这人头是哪来的？"和尚说："请老爷问他！"徐忠吓得脸色也变了，说："老爷要问的这个人头，他不是外人，是我兄弟徐二混。我兄弟他在钱塘街钱铺打杂，那天他晚上回来，拿着七十二银子。我们两个人一起喝酒，他喝多了。我问他银子哪来的，他说就是亲弟兄，他也不说。他说他知道他们钱铺掌柜的那天晚上到通济门外粮店取银子，就拿了一把刀，在东树林等着。他把韩掌柜杀死，把银子抢了来。我一听怕他犯了事会把我连累上，就先用酒把他灌醉，然后把他杀死了。没想到我们老太太一着急也死了。我就把我兄弟的脑袋，搁在我母亲棺材底下，把他的死尸，藏在炕洞里。我以为神不知鬼不觉，没想到今天会被老爷查出来。这是实话。"知府说："圣僧，这件事该怎么办？"和尚说："把天和钱铺的少东家传来看我们办案，告诉他父亲是他们铺子打杂的徐二混杀的。"知府立刻就把钱铺的少东家传到，说明白徐二混已经死了，叫他当堂结案。知府派官人押着徐忠起赃，又将他母亲埋葬了,徐忠被发配到边远地界去充军。

这些都办完后,老爷同和尚一起回衙门,把冯元庆提了出来。他本来就是被冤屈的,老爷将他当堂释放。这件事在临安城闹得沸沸扬扬,大家都说要不是济公长老,谁能办得了这样蹊跷的案子?知府把冯元庆放了后,又写公文上报,参了钱塘县知县段不清一本,说他草菅人命,办事糊涂,不值得重用,奉旨把知县革了职。济公则留下来喝酒,一边给知府讲这一路上追拿华云龙的经过。

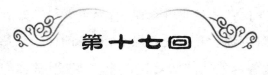

这天,济公来到萧山县衙,说要告本县一个叫李文龙的书生。知县问:"圣僧为什么要告他?"和尚说:"我是他爷爷,李文龙无故休妻,所以我告他。"知县一听,立刻派王雄、李豹去传李文龙。李文龙开门出来,王雄、李豹说:"李先生,有人把你告下来了。"李文龙说:"谁把我告了?"王雄、李豹说:"是一个穷和尚。"李文龙一听,立刻到里面把镯子、小扇坠环、字柬一起带着,抱着孩子跟两位来到衙门。李文龙一上堂,见穷和尚在边上跟知县平起平坐,心想我这官司要输。立刻抱拳说:"老父台在上,生员李文龙有礼。"知县一看,说:"李文龙你无缘无故休妻,一个读书人知法犯法,该当何罪?"李文龙说:"回老爷,我休妻是有原因的,她犯了七出之条。"老爷说:"有凭据吗?"李文龙说:"回老爷,那天我出去给人家写信回来,在后院出恭,听后门有人叫娘子开门,我开门一把没揪住,那人跑了。从他袖里掉下一个小布包,我打开一看,是一对金坠环,还有三首情诗。我回家一翻,找出金镯、小扇,所以我才将郑氏休了。"说着把金镯、小扇、诗句递了上去。老爷一看,勃然大怒,说:"你这东西就该打,先给我打他二百戒

125

尺。"李文龙说："生员犯哪条律法，老爷要打我？"知县说："打完了我再告诉你。"和尚说："老爷，看我的面子先给他记上二百戒尺，就告诉他吧。"知县说："李文龙，平常你们夫妻和美不？"李文龙说："和美。"老爷说："平常你妻子贤惠不？"李文龙说："贤惠。"知县说："你妻子素常安分，夫妻和美，你怎么就不想这是有奸人陷害你妻子，故意挑拨你们夫妻呢？说你妻子通奸，你亲眼看到了？"和尚说："老爷派差人把郑氏、马氏还有赖子一起传来。"老爷立刻吩咐传人。

原来郑氏被李文龙休了后，便跟着她舅母马氏回了家。第二天求他舅母去给说和，马氏到李文龙家去，李文龙不但不开门，还把马氏骂了回去。马氏到家一说，郑氏哭得死去活来。马氏说："我也不能再去了。"吃完饭后，就来了一个老太太，有六十多岁。一见郑氏，问马氏："这位姑娘是谁呀？"马氏说："这是我外甥女，嫁给李文龙了。"这老太太说："哟，这位姑娘头上脚下长得真好，怎么就嫁给那穷酸李文龙了？怪可惜的。"马氏说："现在李文龙不要了，休回来了。"老太太说："那也好，早就该散了，省得跟他受罪。我给你说个主吧，做过兵部尚书的公子卞虎卞员外，新近失的家，要续弦，这一进门就当家，成箱子穿衣裳，论匣子戴首饰，有多好！"郑氏一听说："这位妈妈今年多大年纪？"老太太说："我六十八岁。"郑氏说："好，再活六十八岁，一百三十六，你这么大岁数说点有德行的话才是，不该拆散我们夫妇，你快走吧。"这个老太太被郑氏抢白走了。工夫不大，又来了一个四十多岁的妇人，一见郑氏也说："不必跟李文龙受苦，不必想不开。嫁汉嫁汉，穿衣吃饭，我给你提提卜虎员外好不好？进门就当家，一呼百应，出门坐轿子。"郑氏又给驳走了。一连来了四个，都是给卜虎提亲。

郑氏也是聪明人，一看来了四个媒人，都给卜虎一个人提，要是提两家还有的说，都提一家，这里面肯定有猫腻。郑氏心想：这一定是卜虎耍计离间我们夫妇，我不如答应他，跟他要五百两银子给我丈夫李文龙，叫他奋志读书，扶养孩儿。等过了门，我暗带钢刀一把，话里引话，套出卜虎的真情。到时候我用钢刀把卜扎死，自己一开膛，图个清白，也让我丈夫看个明白。想完就跟媒婆说："我愿意了，你回去吧。可有一点，我先要五百两银子，没有银子我不上轿。可得把我丈夫李文龙找来，我得见一面，不依着我，也不行。"媒婆一听，说："那都好办，我去说去。"郑氏说："就这样吧。"媒婆走了。第二天回来，说："妥当了，今天晚上就娶，先有人送银子来，轿子随后就到。"正说着话，外面打门。马氏叫赖子开门一看，是二位公差。进门便说："有人把你们告下来了。"马氏说："谁告我们？"公差说："李文龙。"马氏说："好呀，他把媳妇休了，反倒把我们告下来了。"公差王雄说："老爷传话叫马氏、郑氏和赖子去过堂。"马氏说："哟，我们赖子一个傻孩子，带他干什么？"王雄说："老爷有安排。"马氏没办法，跟郑氏带着赖子一同来到公堂。

老爷吩咐："先把郑氏带上来。"郑氏一上堂，李文龙的孩子哇的一声就哭了。老爷就问："你是郑氏？"郑氏说："是小妇人。"老爷一看郑氏，衣服平常，就问："你丈夫李文龙为什么休你?"郑氏说:"小妇人不知道。"老爷说:"你愿意跟李文龙吗?"郑氏说:"小妇知道忠臣不事二主,烈女不嫁二夫,求老爷恩典,我愿意跟我丈夫。"老爷说:"你这两天在你舅母家里,你舅母说什么呢?"郑氏说:"我求我舅母去跟我丈夫说合,我舅母被我丈夫骂回来,说不管了。昨天一连来了四个媒人都给我提亲,都提卞虎卞员外一家,小妇人可就生了疑心,这一定是卞虎主使出来,离间我们夫妻。"老爷说:"你答应没有?"郑氏说:"我答应了。"老爷说:"你既然愿意跟你丈夫,为什么又答应了?"郑氏便把自己的想法一一说了。知县点点头,叫把郑氏带下去,带马氏上来。老爷一看马氏,三十多岁,也很美貌,透着风流。老爷问:"马氏你外甥女被休回去,你为什么不给说合?"马氏说:"回老爷,小妇人到李文龙家去,李文龙不开门还把我骂回去。我就跟我外甥女说,你愿意在我家住着就住着,总会有你一口饭吃,想改嫁我也不拦着。媒人给她说亲,是她自己答应的。"知县一听这案没处找头绪,就问:"圣僧,怎么办?"和尚说:"把马氏带到外面去,把赖子带上来。"知县问:"赖子你说实话,我给换新衣裳,买肉吃。"赖子本来就是傻子,说:"不知道。"知县说:"你娘跟谁商量什么计害你姐姐?"赖子说:"不知道。"老爷又问:"你娘叫谁给你姐姐说亲?"赖子还说不知道。问什么他都不知道,知县为了难,又问和尚该怎么办。和尚在公差王雄、李豹耳边说了几句,王雄转身去了外面。李豹拿了一块肉,在大堂上用板子一打,跟打人一样,众官人一起喊堂威,说:"打!打!打!"外面马氏就问:"打谁呢?"王雄说:"打你儿子赖子呢!"马氏一听甭说有多心疼了。

过了一会儿,和尚吩咐把赖子藏起来,把马氏带上来。马氏一瞧他儿子没有了,立刻往大堂前一跪。老爷把惊堂木一拍,说:"马氏你好大胆子,居然做出这种事来!刚才赖子都招了,你还不实说吗?"马氏一愣。老爷说:"大概不用刑,你还不说,你儿子都已经说了,你还敢隐瞒!来人,给我掌嘴。"马氏一听,吓得脸色都变了,说:"老爷不用动刑,我说。"知县说:"你快实说,本县不打你。"马氏说:"回老爷,小妇人守寡多年,因为没有进项,我常给卞员外做活,卞员外常给我家里送钱,给我打首饰,做衣裳,跟小妇人通奸有染。那一天卞员外到我家去,说在城里二条胡同瞧见西头路北墙门出来一个妇人,二十多岁,生得标致可爱。我说你别胡说,那是我外甥女。他叫我给接回来拉皮条。我说不行,我外甥女是贞节烈妇。后来他交给我一对金镯子,一套垂金扇,叫我给搁到我外甥女家去。他说只要能拆散他们夫妇,就给我五十两银子。我把镯子留下一只。那一天我去外甥女家里,趁她出去方便,我就把镯子、扇子放在箱子里。这是我办的,后来有什么事我就不知道了,那都是卞虎做的。那天李文龙找我,叫我把外甥女带回来,我也不知是怎么回事,这是真情实话。"老爷一听,吩咐王雄、李豹:"给我传卞虎。"和尚说:"老爷你传得来吗?"知县说:"怎么传不来?"和尚说:"你想,卞虎是兵部尚书的儿子,家里手下人极多,又是深宅大院,你还没去他就先跑了。"知县说:"依圣僧看,应当怎么办?"和尚说:"我带着王雄、李豹、赖子去抓他,我自有道理。"知县说:"好,圣僧辛苦一回吧。"

和尚带领王雄、李豹、赖子出了衙门，来到马氏家中。王雄说："圣僧，咱们怎么拿卞虎？"和尚说："赖子你到卞员外那去，你就说我娘说了，叫卞员外不用等晚上再娶了，夜长梦多，这就发轿子去娶，带上五百两银子。你再说我娘说的，新人出轿子，叫卞员外亲自递给新人一个苹果，为是平平安安的。你别提打官司，照我这话说。"赖子说："行。"他本来就傻，立刻就到卞员外家去。刚来到卞虎门口，家人都认识，说："赖子做什么来了？"赖子就把济公教给他的话学了一遍，卞虎一听满心欢喜，打发赖子回去了。立刻叫了陪亲太太，敲锣打鼓，抬着轿子来了。

王雄、李豹就问："和尚，怎么办？轿子来了娶谁呀？"和尚说："我上轿，你们两个扶轿杆。你两个人先要五百两银子，每人带二百五。我和尚上轿，到那下轿拿他，要不然拿不住他。"正说着话，轿子到了。和尚先把门关上，对王雄、李豹说："新人上轿，忌十二属相，不用陪亲太太，叫陪亲太太回去吧。"王雄、李豹隔着门一说，外面陪亲太太自己回去了。外头鼓手叫："开门，别误了吉时。"和尚说："吹个大开门。"外头就吹。和尚说："吹个小开门，吹个半开门。"外头说："不会。"和尚说："打个花得胜。"外头就打。和尚又说："打个孙大圣。"外头鼓手说："不会。"和尚说："拿红包来。"外面就从门缝里往里捺红包，包着钱。和尚说："捺一个一门五福，捺两个二字平安，捺三个三阳开泰。"和尚说："还是撒满天星。"都说完了，和尚滋溜钻进屋子。王雄一开门，花轿抬进来，跟着的管家认识王雄和李豹,说:"二位来帮忙吗?"王雄说:"可不是,五百两银子带来了没有?没带来可不上轿。"管家说:"带来了。"把银子交给二位班头。花轿堵着门口,和尚上了轿子,王雄、李豹扶着轿杆,吹吹打打,到了卞虎家里。

轿子一落地,卞虎就拿着一个苹果往轿子里递,和尚接过来就吃,随手揪住卞虎的手腕子。卞虎心想:"怎么美人手这么粗?一定是洗衣裳洗的。"众多姨奶奶、婆子、丫鬟都要瞧这个美人到底有多美,急着打轿帘,一看出来一个穷和尚,大家哄堂大笑。和尚说:"好卞虎,你往哪跑?"王雄过去一抖铁链,把卞虎锁上。家人要拦,被和尚用定身法定住,拉着卞虎来到公堂。知县说:"下面是卞员外?"卞虎说:"老父台。"知县说:"卞虎。"卞虎说:"张甲三知县官。"知县说:"好恶霸。"卞虎说:"好赃官。"老爷勃然大怒,说:"卞虎,你好大胆子,竟敢目无官长,咆哮公堂!你为什么定计陷害良家妇女与马氏通奸?还不实话实说?"卞虎说:"我不知道。"知县说:"大概好端端问你,你是不会说,拉下去给我重打四十大板!"公差立刻将卞虎按倒,打了四十大板,直打得皮开肉绽,鲜血直流。老爷又问。卞虎本来就是公子哥出身,从来没受过这样的苦,哪里支架得住?忙说:"老爷不用打了,我实说。我原来是与马氏通奸,那一天我见了郑氏貌美,一问马氏,才知道是她外甥女,她说是贞节烈妇。我家有一个教读的先生,姓童名介眉,他给我出的主意,叫我买一对镯子、一把小扇,先叫马氏给郑氏栽上赃。我家开着一座绸缎店,那天故意说请李文龙写信,童先生给我作了两首诗、一首词,拿一对耳

131

环。我派人给李文龙送去，故意叫李文龙知道，好休他妻子。我可以托媒人说到我手里，都是童先生出的主意。"知县立刻叫书班写了口供，问："卞虎，认打认罚？"卞虎说："认打怎么样？认罚怎么说？"知县说："认打呢，我革去你的员外，照例重办。认罚呢，罚你五千银子。"卞虎情愿认罚。老爷把马氏叫上来，打了四十嘴巴。知县说："我念你无知，便宜你下去具结，以后应当安分守己。"

等把卞虎和马氏的事都结了，知县又把李文龙叫上来，叫书班把卞虎的供词念了一遍，说："李文龙，你听见了吧？你妻子本是贞节烈妇，无故含冤受屈。你趁这个机会接回去，好好待她。本县赏你五千银子励志读书，下去吧。"李文龙给知县磕头，千恩万谢，卞虎给了银子。李文龙带着妻儿回家。都打发走了，知县才说："圣僧在我这里住几天吧。"和尚说："还有那五百两银子赏给王雄、李豹二人，我明天就走，要到白水湖捉妖去。"知县摆酒款待和尚，一直喝到深夜。

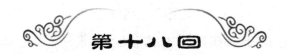

第十八回

白水湖捉妖

　　济公禅师从萧山县出来，带着王雄、李豹顺着大路往白水湖赶。这一天刚来到绍兴府东门，就看见街市上男男女女的人，挤得水泄不通。王雄、李豹就打听过路人："什么事这么热闹？"有人说："白水湖济公长老捉妖呢。"王雄说："怎么我们还没来，他们就知道济公来捉妖呢？"就听大家纷纷议论，这个说："我为了瞧捉妖，人家请客都没去。"那个说："我为了瞧捉妖，买卖都没做。"正说着，就听那边有官差哄赶闲人，说："大人来了，正陪着济公长老在马王庙打公馆喝茶吃饭，一会儿就上台捉妖。"

　　王雄一看，前面是鞭牌锁棍，旗锣伞扇，后面跟着两匹马，左边是一匹红马，右边是一匹白马。红马上坐着一个大和尚，看那样子，跳下马来，得有一丈高。脑袋大大的，穿一身黄袍，脖子上挂着一大串念珠，背着戒刀，真有罗汉的样子。右边骑白马的是知府顾国章，带着乌纱帽，身穿红色官袍。旁边就有人说："瞧这位济公长老，真是汉晋间罗汉样子。"那个就说："这应该不是济癫僧，济癫僧是癫僧，短头发有二寸多长，一脸的泥，穿着破僧衣，拖拉着两只草鞋，疯疯癫癫的,那才是济癫僧。"用手一指济公说:"就跟这位大师父差不多,好像比他还脏。"和尚说:"比我还脏,你认识济公吗?"那人信口开河说:"我当然认识,我跟济癫有交情,去年夏天我在临安盘桓了好几个月呢。"和尚说:"你去年夏天不是在扬州做买卖么?怎么又上临安去了?"那人一听一愣,说:"我在扬州做买卖,你怎么知道?"和尚说:"我当然知道。"这时候王雄、李豹就说:"圣僧,你看这里有个济癫,你要是真济癫咱们再去送信。你要是假济癫,可趁早别碰钉子。"和尚说:"我也不知道我是真的是假的,你们两个人瞧着办吧。"正说着话,马到了跟前。济公一声大喊:"好王八猴儿狗,看我的。"过去一拉,竟然把假济癫的马嚼环扯住。

怎么会突然多了个假济公呢?原来绍兴城东门外有一道河名叫没涝河,这道河又叫白了沟,也就是传说中的白水湖。就在绍兴府知府到任后没多久,这个湖的水忽然放出香气,沿湖一带的小孩子走到那里,闻到湖水的香气就会跳下去。后来附近的村民摆设香案,冲着湖水一祭奠,只见从湖水里出来两股阴阳气,听得见说话,瞧不见人影。说一天要吃一个童男,一个童女。要是不给送,就把绍兴府一带地面的小孩子全吃了,一个都不留。六百多村庄一开会,谁家有孩子都把名字写在纸条上团成一团搁在斗里。一天一抓,抓出谁家的就把谁家的孩子送给妖精吃。这事官府知道后,知府就下令到处张贴告示,说谁要是能把妖精除了,就奖励白银一千两。

这天,忽然知府的衙门口一声"阿弥陀佛",来了一个大和尚，赤红脸，身高一丈，穿着黄袍，说："我是灵隐寺的济癫和尚，正在庙里打坐，突然心血来潮知道白水湖有妖精害人。贫僧特意驾着祥云来这里帮忙捉拿妖怪，搭救黎民百姓。你们进去告诉你们太守，就说贫僧来了。"官人进去一回禀，知府亲自迎接出来，说："不知圣僧佛驾光临，弟子有失远迎。"跪下就行礼。这大和尚一摆手，大模大样地说："不必行礼，头前带路。"来到书房坐下，知府说："圣僧从灵隐寺来，什么时候动身的？走了多少天？"假济癫和尚说："贫僧今天早晨驾祥云来的，就是为了降妖除怪。"知府说："圣僧用什么东西降妖？"和尚说："一概不用，就在湖岸搭个高的法台就行。"知府一面派人搭法台，一面问和尚吃什么菜。和尚说："荤素都行。"知府吩咐在东门外马王庙打公馆，安排和尚到公馆吃饭。吃完了饭，法台也搭好了，知府就和和尚一起来到白水湖岸边。

　　和尚一跺脚上了法台，点上香，心里祷告过往的仙灵说："弟子本是飞龙山炼气的，都因为白水湖的妖精害人，我也不是兴妖作怪。就是想把妖精除了，搭救这方的黎民百姓，望神灵保佑。"祷告完了，就画了三道符，用戒刀粘上，一点一晃，这团火光有碗口大小。和尚说："这道符一到湖里，就叫妖精出来。"说完往湖里一甩，就听湖水"哗啦啦"一响，湖里的水往两旁一分，从中间出来两股阴阳气，朝着和尚扑了过来。这和尚一张嘴，出来一股黑气，把那阴阳气顶住了。他这股黑气有核桃那么粗，那股阴阳气有茶杯那么粗，眼瞧这湖里出来的阴阳气就把他这股黑气直往下压。原来白水湖里的妖精有八九千年的道行,这个假济癫只有五千年的道行,所以扛不住。众人看着干着急,就见这和尚热汗直流,法台咯吱咯吱直响。等到夕阳西下,西边涌上来一堆云,大雷"咕噶噶"一响,这股阴阳气才收回去。这和尚累了一身汗,说:"老爷,今天贫僧来没有带法宝,我回庙去取法宝,明天再来捉妖。"知府说:"圣僧回灵隐寺有几百里,哪能说来就来了?"和尚说:"贫僧会驾云。"说完了话,哧溜一声变成一股黑烟没了。大家都以为这就是神仙。知府就带着大家又回衙。

第二天这和尚果然又来了。原来他自己知道不是这白水湖妖精的对手,本想回山搬救兵,找一位有本领的老道帮忙。那道士也有八九千年的道行,可是道士不愿意过问这种事情。他一生气,决定自己来跟白水湖的妖精拼命。知府知道这次和尚取了宝贝来,就吩咐在马王庙打公馆,预备吃饭。大家都知道和尚又来了,看热闹的人多得挤不动。知府看到假济癫骑着马走到跟前,一手就掳住了他的马嚼子。真济公说:"好东西,你敢前来捉妖。"假济癫一看,是一个疯疯癫癫的穷和尚,没想到罗汉爷早把佛光、金光、灵光三光闭住了。假济癫看着是个凡夫俗子,连忙就问:"这位法兄请了。"真济癫说:"你跟我论兄弟吗?"假济癫说:"论哥们你不愿意吗?"真济癫说:"我倒怕你不愿意,你上哪去?"假济癫说:"我去捉妖。"真济癫说:"那你去吧。"又把马嚼环松开了。假济癫同知府奔着马王庙就去了。

王雄、李豹一瞧和尚,这事干得虎头蛇尾。王雄、李豹就说:"圣僧,咱们这信是投好,还是不投好?"和尚说:"你们俩看着办吧。"这二人一想,不投吧,怕老爷怪罪叫你投你不投;投了吧,又怕老爷说都看见济癫僧了你们还投!想了半天,最后决定还是投了吧。这才跟和尚一起来到马王庙。王雄、李豹来到里面门房道了辛苦,找到了负责稿案的,这人叫张文元,跟王雄他们认识。看到两人来了,赶忙问:"二位头儿从哪来?最近过得怎么样?"王雄说:"我们二人奉了县太爷的命令,来给太守送信,推荐来一位济公长老,给白水湖捉妖。"张文元一愣,说:"我们这里有一位济公长老,怎么会又来了一位济公?他在哪里呢?"王雄说:"在门口呢。"大家出来门口一瞧,和尚靠着影壁在地上坐着睡着了。王雄用手一指,说:"就是这位和尚。"张文元一看,叹了一口气,说:"依我说你们二位不用投信了,瞧我们这里这位济公,才真有罗汉的样子。这个和尚简直就是乞丐。"王雄说:"我们奉老爷的命令来投信,不能不投呀,你给回回吧。"

　　张文元没有办法,来到里面,正好看到知府顾国章在和假济癫谈话。张文元把信拿进来,知府看了微微一笑说:"圣僧,你看世上真有这等无知之辈,还冒充你老人家的大名。"假济癫一听,说:"怎么回事?"知府说:"我有个朋友又给荐了一个济癫和尚来,真是好笑。"假济癫听了一哆嗦,心想:"许是真的来了。"知府说:"请进来瞧瞧吧。"张文元出来一找,和尚没了。正在各处寻找,忽然听厨房里厨子在嚷:"哪来的穷和尚偷菜吃来了?这是给济公长老预备的。"张文元来到厨房一看,见穷和尚正在喝酒吃肉。张文元说:"和尚,我们太守请你呢。"济癫一声答应,跟着张文元来到里面。假济癫一看,是刚才揪马嚼环的那个穷和尚,假济公就问:"这位法兄,怎么称呼?"真济癫说:"我是灵隐寺的济癫僧,你是谁呀?"假济癫说:"我也是济癫。"真济癫说:"你也是济癫,我在庙里怎么没瞧见过你?"假济癫说:"你也不用管瞧没瞧见过,回头上台做法,看看谁有本事谁就是真的。"济公说:"也好,咱们先吃饭要紧,千里为官,还为的是吃穿呢。来,摆酒摆酒!"知府立刻吩咐把酒摆上,和尚用手大把地抓菜,抓起来还让:"知府你吃这把?"知府一瞧,和尚伸出的手就像五根发条一样,连忙说:"你吃吧!"和尚大吃大喝。等吃完了,三个人来到法台。

这会儿看热闹的人更多了。假济癫说:"法兄上台呀。"真济癫说:"怎么上去?"假济癫说:"施展法术上去呀。"真济癫说:"我不会,还是爬梯子上去吧。"假济癫一跺脚上了法台,真济癫故意爬梯子上去。假济癫说:"你先烧香罢。"济公拿过香来就点,假济癫说:"你祷告吗?"真济公说:"祷告什么?"假济癫说:"你心里有什么就祷告什么。"济公说:"我穷。"假济癫说:"穷没人管。"济公就说:"我饿。"假济癫说:"你倒是捉妖念咒,施展法术,别玩。"济公说:"我不会。"说着把香火往香炉里一插,真济公一翻身跳下了法台。

这时候假济癫在法台上看真济公跳了下去,连围观的都瞧着可笑。假济癫在台上画了三道符点着往湖里一甩。就听湖里水一响就像牛叫唤,水往两旁一分,波浪滔天。从当中间出来一股阴阳气奔法台就卷了过来。假济癫一张嘴,出来一股黑气就把阴阳气顶住。本来他就不是湖里妖精的对手,就看阴阳气直往前赶,他这股黑气直往回抽,眼看就要抽

"我不会，还是爬梯子上去吧！"

完了。再要少待一会儿，把黑气压没了，阴阳气一卷，就会把他卷到湖里去，他这五千年道行就完了。

眼瞧这假济癫哗哗流汗，法台也咯吱咯吱地响，济公禅师心中有些不忍心了。和尚这时候口念阿弥陀佛，从腰里把僧帽拿出来戴上，说："亮儿给我拿个折。"边上看热闹的陈亮一想："这倒不错，把陈字去掉，净吃亮儿。"立刻给和尚把僧袍拿了个折。和尚把丝绦紧一紧说："雷鸣、陈亮你两个人上西边铺子门口，雨塔底下去，我和尚有事。"雷鸣、陈亮就到那边站着。和尚恭恭敬敬冲西北磕了三个头，起来也到雨塔底下一站。没一会儿西北边卷来一片黑云，沉雷一响，大雨点噼里啪啦下得有铜钱那么大。雷声一响，白水湖里那股阴阳气就收回去了。台上假济癫也是妖精，他也怕雷。他自己一想："得找个有造化的人，可以躲避雷。知府顾国章是皇家的四品官，一定有造化。"假济癫正要找知府去，忽然往西一看，见穷和尚一摸脑袋，透出三光。他一看和尚身高十丈，头像麦斗，身上穿着织锋，赤着两只腿，光着两只脚，活脱脱一位知觉罗汉。假济癫连忙来到真济癫跟前说："圣僧你老人家救命。"和尚一掀僧袍，说："这里头蹲着来，老实点，别碰了零碎。"这时候，狂风暴雨就下来了。瞧热闹人，跑的跑，躲的躲，知府在看台上也下来了。眼看着法台上大的和尚跑到那穷和尚的僧袍底下蹲着，知府心里直纳闷。这时候一个闪电跟着一个雷，这霹雷总打不着。济公一按灵光，说："好东西，真是作怪。假济癫你出来，我用用你。"假济癫说："圣僧，我不敢出去，怕雷打。"和尚说："不要紧，把我的帽子给你戴上。

这湖里的妖精,给雷震迷了。他头上顶着一块妇人用过的脏布,雷不能霹他。你到湖里去把脏布捡过来,雷就把他击了。"假济癫这才戴上济公的僧帽,跑到湖边,滋溜跳下湖去,知府看得明明白白。一会儿呱啦一个大雷响完,随着雨就小了。就听湖水哗啦啦一响,妖精翻上来了。大家一看,这个妖精长个龙脑袋,两只眼没了,有两条腿,有三十余丈长,一身净鳞。这东西名叫鳄鱼,是龙种。这鳄鱼一只就有五百里地长,这是个小的。这种东西是最厉害的。龙的脾性是动物里面最淫的,比如龙要污了牛,生的幼子叫特龙;污了马,下出驹来叫龙驹;龙污了驴,下出子叫蹇龙;污了羊,生子叫猖龙;污了猪,生子叫 龙;要污了野鸡,下了蛋,掉到地里一年走一尺,四十年后出来的是蛟龙,它一出来,能使山崩地裂,四周带起四十丈高的水来,是龙王爷的反叛。这个鳄鱼是天下大患,今天被雷击了,雨也住了。

知府知道是穷和尚用法术请的雷,这才下了看台,过来给济公行礼,说:"圣僧佛法无边,弟子非常感谢,请圣僧到衙门坐坐。"和尚说:"太守大人,你把这鳄鱼叫人抬回去。他那两只眼是两颗避水珠,在内肾囊里,是无价之宝。他周身的骨头节里都是珠子,他那两只爪是真的大玉。大人你得了这个鱼,把珠子取出来就有的是钱了。"知府一听非常高兴,吩咐把刚才那假济癫骑的马,给圣僧牵过来。下人答应着,雷鸣、陈亮、孙道全也都过来,随在济公左右。和尚上了马,与知府一道回衙门。

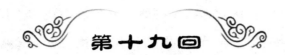

第十九回

收服香獐娘

这天，济公掐指一算，知道自己的娘舅王安士遭奸人暗算，有生命危险。于是就派他的弟子孙道全前去救治。因为济公已经把方法和药丸都给了他，所以孙道全来到王安士家里，手到病除，王安士很快就恢复了元气，跟往常一样了。为了答谢孙道全，王安士立刻叫家人预备上等酒席款待道长。

老道正喝着酒，往东一看，忽然发现一股妖气直冲云霄。老道就问："老员外，这东院里住的是什么人？"王安士说："东院里住的是我的一个结拜兄弟，姓韩名成，我们是世交。"老道说："他家里有什么人？"王安士说："他家里夫妇两个，有一个儿子叫韩文美，还有个媳妇，道爷问这个做什么？"孙道全说："我看那院里有一股妖气冲天，那院里准有妖精。"王安士一听，说："没听说他家里闹妖精，真人看清楚了？一定有妖精吗？"老道说："那不假，一准有。"王安士一想，我跟韩员外这么有交情，既然知道了哪有不管的道理？便说："道爷，既然瞧出来了，何不大发慈悲，跟我过去把妖精除了？那院里韩员外跟我关系特别好，也不是外人。"孙道全说："可以，我山人去瞧瞧。"老员外立刻同老道来到隔壁叫门，韩成家的管家出来开门,说:"王员外,你老人家病好了?"王安士说:"好了。你家员外在家吗?"家人说:"在家里。"王安士说:"你到里面通告一声,我来见你家员外有事。"家人立刻进去一回禀,韩成赶紧迎出来。孙道全一看,这位韩员外真是好身板,身高八尺,膀宽三停,头戴宝蓝员外巾,迎面嵌着美玉,身穿蓝缎员外整装,腰里系着丝绦,白袜子云鞋。再看脸庞更是精神,浓眉大眼,还留着三绺黑胡须。他本来就是武举人出身,这么一看,格外精神。一见王安士,韩成连忙施礼说:"兄长,你病好了? 小弟探望得不够勤啊!"王安士说:"你我兄弟就不要客气了。"韩成说:"这位道爷是谁?"王安士说:"这位是梅花真人,我的病就是这位道爷救的。"韩成拱手往里让。来到书房坐下,不一会家人献上茶来,王安士说:"今天我同道爷来,不是为了别的,我们刚才正在书房喝酒,真人看你这院里有妖精。我想咱俩是知己,我不能不管。所以我求真人过来,给你降妖捉怪。"韩成说:"我这院里没闹过妖精,道爷怎么会瞧着有妖精呢?"孙道全说:"我看这里有妖气,而且还是阴气,一定是女妖。员外你把女眷连婆子丫鬟都叫出来,真人一瞧就能瞧出来。"韩成说:"可以。"立刻叫家人给内室送信,叫老夫人、少奶奶、众婆子丫鬟都出来。

不一会儿内宅女眷都出来了,老道来到院里一看,有一位少妇有二十来岁,长得非常美艳,论姿色这世上找不到第二个,两边都有丫鬟扶着。孙道全一看这个妇人是妖精,就拉出宝剑一指,说:"好妖精,见了山人还敢大模大样?"这妇人也不说话。孙道全说:"你还不现原形?"这妇人还是不说话,孙道全举宝剑赶过去就要砍。这个少妇不是别人,正是韩成的儿媳妇。原来韩成的儿子韩文美,本来是个读书人。当初跟王全和李修缘都是同窗的好友,三个人里韩文美最大,王全次之,李修缘顶小。就因为李修缘一走,王全也不念书了,就剩下韩文美一个人自己在家里用功。偏巧他妻子过世了,韩文美也就没什么心思继续念书,经常带着书童出去游山玩景,以解内心的烦闷。韩成打算给他续室,又总是高不成,低不就,所以就一直搁着。

这天韩文美又带看书童出去游玩,走到永宁村西口,觉着渴了,韩文美就说:"童子,咱们得找个地方去歇息歇息,找杯茶喝。"童子说:"眼前这不是清静庵么?庙里的老尼姑不是公子爷的师父么?咱们就到里面去喝茶好不好?"韩文美一想:"也好。"立刻同书童来到庵门口叫门。不大一会儿,就见从里面出来一个小尼姑,把门打开说:"公子爷来了。"韩文美说:"老师父在庵里吗?"小尼姑说:"在里面,公子爷请进来坐吧!"韩文美就带着书童往里走,一直来到西跨院。这院里是西房、北房、南房各三间。小尼姑来到北房禅堂,一掀帘子说:"师父,韩公子来了。"这房里的老尼姑法名妙慧,一听说韩公子爷来了,赶紧从里面迎出来说:"公子爷来了,今天怎么会有空呢?"韩文美赶紧行礼说:"师父一向可好?弟子有礼了。"老尼说:"好,公子爷请坐。"韩文美坐下,老尼姑叫人来倒茶,就听里面屋里娇滴滴一声答应,一掀帘子,从里面出来一个带发修行的少妇。韩文美一看,真是貌比天仙更美。妇人走过来给韩文美倒茶,走过的地方就留下一阵兰花的香气。这妇人把茶倒上,对韩文美暗送秋波,瞧了韩文美一眼,才转身走进屋里。韩文美一瞧这妇人,立刻心神荡漾。忙问老尼姑:"这位妇人是谁呀?"妙慧说:"这是我新收的徒弟,姓章名叫香娘。她原本是这村北的人,因为丈夫去世了,她的婆母总逼着叫她改嫁,她不愿意嫁,所以拜我为师,来这庵里带发出家。"韩文美点了点头,坐了一会儿,水也不喝了,立刻告辞。一出庙,真仿佛是把魂留在庙里了。到了家里,不吃不喝,一闭眼就想起章氏香娘站在眼前,得了相思病。韩员外夫妇跟前就是这一个子,一见儿子病了,可了不得了,赶紧请名医医治。医家先生怎么也瞧不出毛病来,眼看着韩公子的精神一天不如一天。韩成心想这病来得怪,就把书童叫过来盘问:"我家公子上哪去了?你说实话,不然把你打死。"书童不敢隐瞒,就把上清静庵里去,遇见章香娘的事情一一说了。

韩成夫妇疼儿子,赶紧叫人把清静庵的老尼姑请来。夫人说:"亲家,你瞧你徒弟病得厉害,你得救你徒弟啊,我们夫妇可就是这一个儿子。"老尼姑说:"我怎么救他?"夫人说:"听说你庙里有一个章氏香娘,你只要给我儿子把亲提了,他的病也就好了。"老尼姑说:"哟,人家跟我出家,我却劝人家改嫁,那怎么能行?"夫人说:"你就费点心吧,只要你给提成了,我一定会重谢你。"老尼姑说:"我提提看吧。"老尼姑回去到庙里跟章氏香娘一提,先前章氏不愿意。后来经再三说和,香娘愿意了。老尼姑给韩宅送信,韩成还是定轿子娶,排场就跟娶姑娘一样。韩文美一听说婚事定了,病就一天比一天好了起来。等娶过门来，夫妻恩爱得如胶似漆，公公、婆婆、婆子、丫鬟没有一个跟少奶奶不对付的，半年多的时间，也没有人知道她是妖精。今天无缘无故被孙道全看出来了，孙道全抽出宝剑刚要剁，没想到韩成火了。只见韩成从后面冷不防打了孙道全一拳，把他挟起来扔到了门外，说："你哪儿来的老道，跑到我家里来撒野？我好好的媳妇怎么会是妖精？你快走吧！"说完把门一关回去了。孙道全心里冤的上，一想这烦恼都是因为强出头招来的。自己也觉得没有面子，便寻思去把济公师父找来，一来把妖精除了，二来也可以挽回点面子。

孙道全出了永宁村，正往前走，忽然听到从后面起了一阵怪风，刮得飞沙走石。孙道全一闻这阵风，异香扑鼻，心想："了不得了，这个妖精追上我来，要跟我作对。"正在想呢，就听后面有人说话："好孙道全，你往哪里走？仙姑娘跟你远日无冤，近日无仇，你败我的事，拆散我的金玉良缘。我仙姑这几年没吃人了，今天我开开杀戒，把你吃了，我好饱餐一顿。"孙道全一回头，果然是那个妇人追下来了。孙道全赶紧拉出宝剑一指，说："好妖怪，你好大胆子，竟敢跟山人作对？我今天结果你的性命。"妖精说："不是我仙姑娘找你，你无故怀着鬼胎坏我的事，我哪能饶了你？"孙道全举起剑就剁，妖精一闪身，抖手举起一块混元如意石，这石头能大能小，飞在空中好像一座泰山，照孙道全头顶就打过来。孙道全也有点本事，受过广法真人沈妙亮的传授，一瞧石头打下来，赶紧念护身咒，拿剑一指，说声"敕令"，石子立刻现了一道黄光，掉到地上。妖精一瞧，说："好孙道全，你敢破仙姑的法宝。"立刻又一抖手，孙道全一看，无数的长虫围着孙道全要咬。孙道全知道这是障眼法，立刻把舌尖嚼破，往上一吐，这些长虫碰到血立刻现出原形，原来都是纸的。妖精勃然大怒说："孙道全，你敢破仙姑的法术。"说着一张嘴喷出一道黄光，这是她三千多年的内丹。孙道全立刻全身麻木栽倒在地上。那妖精哈哈大笑说："我还以为你有多大本事，原来就是这样，今天合着我应该吃你。"立刻把孙道全一提，来到山神府，把孙道全搁在里面。妖精把门一关，打算变回原形吃孙道全。

　　妖精正要动口吃，忽然听门外有人说话。妖精回头一看是一个穷和尚。短头发有二寸多长，一脸的油腻，破僧衣短袖缺领，腰上系着绒绦，疙里疙瘩，光着两只脚，穿着两只草鞋。长得稀松平常，貌不惊人，三分不像人，七分倒像鬼。济公禅师把三光闭着，妖精一看是一个凡夫俗子，顿时来气了，说："好你个穷和尚，敢来多管我仙姑的事！我看你是活腻了！"和尚说："你这东西不守本分，无缘无故缠着韩文美，还敢欺负我徒弟，今天我非得要你的命。"妖精一张嘴，照准和尚喷出一股黄气，打算把和尚喷倒。没想到和尚哈哈一笑说："好孽障！你还会喷毒呀？大概你也不认识我老人家是谁，我叫你瞧瞧！"和尚一拍脑袋，露出佛光、灵光、金光三光。妖精一看，只见和尚身高六丈，头如麦斗，身穿直缀，光着两只腿，赤着两只脚，原来是一位知觉罗汉。妖精吓得连忙跪倒，"啤鸣"叫不住声。人有人言，兽有兽语，说："圣僧你老人家饶命，并不是我要兴妖害人。因为那韩文美他瞧见我，托

人说和我,我才跟他成亲。求圣僧大发慈悲,饶了我吧。"和
尚说:"你现原形我看看。"妖精立刻身形一晃,现了原形。和
尚一看,原来是一个香獐子。

这个香獐子来历可不小,它是天台山后天母宫里一个玉
面老妖狐的第三个徒弟,有三千五百年的道行。这个老妖狐
是五云山五云洞五云老祖的女儿,自称玉面长寿仙姑。这个
香獐子常到清静庵去听经,后来她想:"不如我拜老尼姑为
师,跟她学学经卷。"自己摇身一变,成了一个美貌的妇人。
就赶到尼姑庵里去投奔老尼姑。说她自己姓章名叫香娘,是
村北人,丈夫死了,婆母要叫她改嫁,她不愿意改嫁,要拜老
尼姑为师,情愿晨昏三叩头,早晚一炉香侍奉佛祖。老尼姑
妙慧还以为是真的,就收她为徒弟。没想到被韩文美看上,
把香娘子娶了去。今天香獐子遇见济公,立刻就跪求济公饶
命,和尚说:"你要叫我饶你也行,你依我一件事。"章香娘说:
"只要圣僧饶命,有什么事只管吩咐。"和尚说你要如此如此,
我就饶你。香獐子满口答应,一转身走了。回头来到韩文美
家里,故意将来看韩文美的济公喷倒,然后现了原形让韩文
美看清楚了自己是妖精,一溜烟走了。这边和尚把孙道全救
过来说:"没那本事就不要捉妖怪,差点把自己命都搭上,都
是强出头惹的。"孙道全起来一阵道谢。济公附在耳朵上一
阵吩咐,教他该怎样怎样,孙道全一一答应。等到后来香獐
娘把济公喷倒,孙道全便赶紧地来到跟前,用一颗药把济公
救活,挽回了自己的面子,然后径自走了。

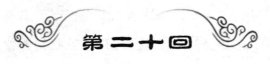

第二十回

惩治张士芳

　　济公的舅舅王安士家也是大户,自从济公走了王安士就派儿子王全出去找,一年一年的不回来,这下便宜了那个叫张士芳的小子。他是济公舅母的内侄,平日里就知道吃喝嫖赌,因为仰仗有姑姑心疼他,没了银子总跑到王安士家里来骗。这天他听说他的两个表哥王全和济公都回来了,心想:"这俩人回来了,我姑姑就不能宠着我了,也不能给我钱花了,我不如把这俩人害了,等王安士一死,百万家产都是我的。于是暗地里买了砒霜红矾,带着来到王安士家。

　　一见王员外,张士芳说:"姑父,听说我两个兄弟回来了,我特意来瞧瞧。"王安士并不知道张士芳算计着陷害他们,还当他是好人。原来王夫人一贯偏疼内侄,王安士上次给张士芳害病了,好了之后老夫人给士芳说了许多好话,说:"你病着的时候,还是张士芳这孩子眼劲不错,看他兄弟不在家,瞧你快要死了,什么事都张罗在头里。跑里跑外的,在这里帮了好几天忙,等你好了才走的。"王安士听了夫人的话还以为是真事,说:"这孩子就是不务正业,其实也没别的不好。"今天张士芳一来，王安士倒很欢喜，说："张士芳，你瞧你两个表弟都回来了，你要是从现在改邪归正，等我给修缘把喜事办了，也给你说个媳妇。"张士芳一瞧，说："表弟，你这几年哪去了？我还真想你。"这小子明里很仁义道德，暗地里净想着害人。虽然嘴里说着好话，心里还在盘算：回头我抽冷子，就把毒药搁在茶里，再不然搁在酒里、饭碗里，把他们两个人一害死，我就发了财。李修缘说："张大哥来了，咱们回头一起吃饭吧。"王安士说："好，你三个人在一桌吃，我瞧着倒喜欢。"说着话，家人把酒菜都端上，张士芳在当中上坐，王全、李修缘两个人坐在两旁。刚要喝酒，济公说："张大哥你瞧我这时候，只要一跟人家在一个桌上吃饭，我就害怕，心里总留着神。如今好人少，坏人多，我总怕嘴里说好话，心里打算要害我。买一百钱砒霜，一百钱红矾，抽冷子给搁到饭碗里，再不然给搁到酒里。"张士芳一听，说："表弟，你这是疯了吧？谁能害你呀？"济公说："去年有我们一个同伴的，也是穷和尚，他跟我一起吃饭就带着毒药，差点把我害了。从那一回，我跟人家一起吃饭，我都得留神。其实咱们自家哥们，你还能害我吗？张大哥，你别多心，你身上带着砒霜没？"张士芳说："没有。"济公说："你带着红矾呀？"张士芳说："更没有。"济公说："我也知道你不能害我，总是留点神好。"说的张士芳心里乱跳，本来他心里就有鬼。他还纳闷呢，怎么世界上有这样的事，吓得他也不敢往外搁。一天两顿饭，他也没敢搁。等到晚上，老员外说："张士芳你要没走，你们三个人就在这书房睡，我到后面去。"张士芳说："好吧。"老员外到后面去睡觉，这三个人就在书房里歇息。王全和济公在一张床上，张士芳在另一张床上。王全躺下就睡着了，济公也打起了鼾，唯独张士芳翻来覆去睡不着。心里盘算，总得设法把他们两个人害了，我才能发财。想来想去，昏昏沉沉睡着了。

刚一睡着，只见从外面进来一个人，有五十多岁，白脸膛，黑胡子，头上戴着青布帽，穿着靠衫，腰上扎着皮挺带，脚底穿着快靴，手里拿着追魂取命牌。后面跟着一个小鬼，脸像一团泥巴，头发眉毛都是红色的，一根根直立着，光个后背，穿着虎皮战裙，手里拿着钢钉狼牙棒。张士芳一瞧吓得一哆嗦。这公差说："张士芳你做的事你可知道，现在有人把你告下来了，你跟着走吧。"哗地一抖铁链，把张士芳锁上领着就走。张士芳说："什么事？"这位公差说："到了你就知道了。"拉他飞快地走。张士芳就瞧走的这条路黄沙乱飞，好像是从来没走过的道。正往前走，就见眼前一座牌楼，上面写着"阴阳界"。张士芳一想："了不得了，一定是到了阴曹地府了。"过了牌楼，往前走了不多远，就见眼前出现一座城镇，里面阴风刮得嗖嗖的，哭喊声一片。

张士芳仔细一看，不由得吃了一惊，只见有一个大鬼，有两个人高，脸皮像瓦灰，红眉毛，红眼睛，披散着头发，一身的毛。手里拿着三股托天叉，长得凶恶无比，高声喊道："你是哪方的游魂，敢来俺们地狱转悠？抓紧招来，省得我捉拿。"这公差说："鬼卒兄请了，我奉阎罗天子的命令，将张士芳的鬼魂勾到了。"大鬼说："既然是这样,我放你们过去。"这公差拖着张士芳往前走,只见眼前有一座大门,两边站着无数狰狞的恶鬼。门口挂着一副对联,上联是："阳世奸雄,伤天害理皆由你。"下联是："阴曹地府,古往今来放过谁。"横批是："你可来了。"张士芳一看,吓得胆战心惊。进了大门一瞧,里面仿佛像一座银殿,殿柱上也有一副对联,上联是："莫胡为,幻妙生花,算算眼前实不实,徒劳机巧。"下联是："休大胆,热铁洋铜,摸摸心头怕不怕,仔细思量。"横匾是："善恶分明。"张士芳抬头一看,上面是阎罗天子,端端正正坐那里,头上戴着五龙盘珠冠,龙头朝前,龙尾朝后,身穿淡黄色龙袍,腰里系着玉带,脚底穿着官靴。再往脸上一看,面如刀铁,三绺黑胡须,飘在胸前。真是铁面无私,让人害怕。左右两旁站着文武判官,一位拿着惩恶簿,另一位手里拿着生死簿。两位判官都是头戴软翅乌纱,身穿大红袍,圆领阔袖,束着一条犀角宝带,脚下穿的是方头皂鞋。两旁还有牛头马面,许多狰狞的恶鬼,排班站着。这位公差立刻说："阎罗天子在上,鬼卒已经奉旨将张士芳鬼魂带到。"张士芳不由得自己就跪下了。阎罗天子在上面往下一看,说："张士芳,你前世倒是积福行善,所以今世托生在富贵人家里,享尽了荣华。没想到你不知道惜福,在世上胡作非为,净干一些伤天害理的事情。你在外面寻花问柳,祸害良家妇女;在家里谋害你姑父王安士没有成功,现在你又想谋害你表弟王全和李修缘,实在是罪大恶极。来呀! 鬼卒你带张士芳先过秦广王、楚江王、宋帝王、正宵王、卞城王、泰山王、都市王、平等王、转轮王、左三营、右四曹、七十四司,然后带他游遍地狱。"

鬼卒一声答应,拉着张士芳见过了十殿阎罗,然后来到一个地方。一瞧,有两个张牙舞爪的恶鬼,绑着一个人,拿刀砍舌头。张士芳一看说:"鬼王兄,这是怎么回事?"公差说:"这个人在阳世的时候,搬弄是非,胡言乱语,好说人家闺房的事情,死了应该打入割舌地狱。"张士芳瞧着可怕。又往前走,钉了一个开膛剜心的,张士芳又问,鬼卒说:"这个人在阳世丧尽天良,奸淫邪盗,无恶不作,死后应该入刺心地狱。"说完继续往前走,见有一座刀山,有几个大鬼举起人来就往上扔,都扎在刀尖上,扎得人身上鲜血直流。张士芳说:"这是因为什么?"鬼卒说:"这是不孝顺父母,打爹骂娘,怪天怨地,看什么都不顺他意的,死了应上刀山地狱。"再往前走,一看,有一根铁柱烧得通红,叫一个人去抱,不抱有大鬼上来就打,张士芳说:"这个怎么回事?"鬼卒说:"这人在阳世奸淫妇女,败坏人家的名节,死后应当抱火柱。"说完又往前走,看见有一座冰池,把人脱得赤身露体,蜷在冰池里冻着,张士芳一看又问,鬼卒说:"这人在生前唱大鼓书,专门捏造淫词引诱良家妇女失身丧节,死后应该入寒冰地狱。"再往前看,有一个血池,有许多妇人在里面喝脏血,张士芳又问,鬼卒说:"这些妇人,有不孝敬公婆的,有不珍惜粮食的,有不信神佛的,有不敬丈夫的,死后应该进污池喝脏血,这就是血污池。"看完,又往前走了不远,再看有一杆秤,勾着一个人的脊背,说这个人在生前专用大斗小秤损人利己,应该遭这样的报应。再一看,有倒磨的,有下油锅的,有千刀万剐的,有剥皮抽筋的,干什么的都有。这都是些在生前杀人放火,奸盗邪淫,没干好事的坏人。张士芳看了大半天,忽然眼前出现两座金桥银桥,上面有一个长得慈眉善目的老头,拿着两把扇子。有两个金童银童跟着,每人手里还托着一个盘子,盘子里有一把折扇,一块醒木。张士芳就问:"这个人怎么这么清闲?"鬼卒说:"这个人在阳世说评书,谈古论今,讲仁义道德,普度大家做善事。死后金童银童一起送过金桥银桥,超生在富贵人家。凡是在阳世修桥补路、放生、斋僧布道、冬施姜汤、夏舍凉茶、济困扶危、敬天地、拜神明、孝顺祖先、伺候双亲的人,死后一定过金桥银桥。"张士芳自己点点头,心想:怪不得人们常说,善恶到头都有报应,只是时间早晚的事。

张士芳游遍了地狱,鬼卒又带他回来见阎王爷,阎王爷吩咐:"把张士芳放进油锅里炸了吧。"鬼卒一声答应,眼瞧一个大油锅,烧得油滚滚的,正沸腾地冒烟。鬼卒把张士芳抓起来就往里扔,吓得张士芳"哎呀"一声,一睁眼原来是一场噩梦,自己还在屋里床上躺着,吓出了一身的冷汗,被褥都湿了。刚一睁眼,就听见和尚吵嚷:"了不得了,心疼死我了,我的张大哥。"张士芳问:"李贤弟,你嚷什么?"和尚说:"我做了一个噩梦,梦见来了两个大鬼,把你锁起来带着去见阎王爷。阎王爷叫鬼卒带你去游地狱,我就在后面跟着。看你游完了地狱,阎王爷说你害王员外,又不知还想害什么人。我瞧把

鬼卒把张士芳抓起来就往油锅里扔

你扔在油锅里炸,把我吓醒了。"张士芳一听:"怪呀,怎么我的梦他也知道呢?"自己又一想:"做梦都是心头想的,哪有这些事呢?还是得想法子把他们两个人害了,我才能发财。不然,还是不行。"想着想着又睡着了。照样又做了一个噩梦。这回没往油锅里扔,往刀山一摁,又把他吓醒了。这样子连续了三次,张士芳吓得心里扑通扑通乱跳。等到天交三鼓,张士芳一想:"我还别在这睡了,这屋子有毛病,再睡得把我吓死。"想完翻身爬起来说:"二位贤弟你们睡吧,我要走了。"王全也醒了,说:"张大哥,半夜三更的你上哪去?"张士芳说:"你就别管了,我是不在这睡了。"王全说:"既然这样,你叫家人给你开门。"张士芳穿好了衣裳,跑出来叫家人开门。众人都刚睡着了,又折腾起来给他开门关门,没有一个不骂他的,也怪这小子素常就不得人心。

张士芳出了永宁村,一直来到海棠桥。抬头一看,秋月当空,非常亮堂。现在正是残秋的时节,秋风一吹,树尖上的枝叶都发黄了。再一看桥下面一汪秋水,冷飕飕地往东流。正是夜深人静的时候,连鸡狗叫唤的声音都没有。张士芳站在桥上心想:"半夜三更的我上哪儿去呢?不如到勾栏院去,还可以住一晚上。"自己正在寻思,忽然听到北边树林里,有妇人啼哭的声音。张士芳顺着声音找过去,走到近前一看,果然有一个女子,不到二十岁的样子。声音娇滴滴的,哭得非常悲惨。张士芳借着月光一细看,这位妇人长得真是花容月貌,窄小金莲不到三寸,称得起蛾眉杏眼,芙蓉白面,从头到脚都算得上是十全十美的人才。张士芳一看立刻起了淫心，他本来就是色鬼中的恶鬼、花里的魔王，忙说："这位小娘子，为什么大半夜的在这里啼哭呀？"这妇人抬头看了一眼说："回这位公子大爷话，小妇人章氏。因为我丈夫不成材，好赌钱，把一份家业都押宝输了，败的现在家里连过夜的粮食都没有一粒。这还不算，他今天晚上为了要钱，把我卖了还输了的账。我这才偷着跑出来，本来打算在这里痛哭一场，上吊死了算了。大爷你想，我真是一点活路都没有啊！"张士芳一听，心想这可是便宜事，赶紧说："小娘子，你千万别想不开，人死可不能复生，你现在年纪轻轻的，死了怪可惜的，跟我走好不好？"这妇人说："哟，我跟你上哪去？"张士芳说："我告诉你，你在这地儿打听打听，我姓张叫士芳，是这本地的财主，家里有房子有地，买卖做的也大。我也是最近刚死了老婆，就是因为没有合适的，我也没续弦。要么是人家不给填房，再不然就是我不愿意，我总得亲眼看见了人长得好，我才要呢。你要跟了我去，咱们两个人倒是郎才女貌。你一进门就当家，成箱子衣服穿，论匣子戴首饰，一呼百应，你瞧好不好？"这妇人说："公子爷你在哪住？"张士芳说："你跟我走吧。"伸手就要拉。这妇人说："你瞧谁来了？"张士芳回头一看并没人，再回头一瞧，那妇人没了。张士芳正在发愣，过来一个香獐子，在张士芳咽喉张嘴就是一口，把张士芳按倒就啃，吃的就剩下一个脑袋和一条大腿。原来这个妇人就是香獐子精变的，奉了济公禅师的命令，在这里等着吃张士芳。这小子也是心太坏了,才落到这样的下场。妖精从此也走了。

第二天,王安士听说张士芳半夜走了,就派家人出来寻找。找到小树林里看见张士芳的人头和一条大腿,回去一报告,王安士就吩咐家人买了棺材,将张士芳的头和大腿装在里面,埋在了乱坟岗上。

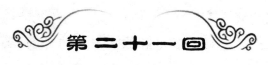

第二十一回

白狗拜堂记

　　这天陆炳文去拜访花花太岁王胜仙碰了钉子,气呼呼地往家赶。正走在集市上,忽然看到一幅美女图,画得那个好看,就跟真人一样。于是花了一百两银子买了来,心想,画画都要有样子照着,莫非这画的人就是卖画的书生的家人?陆炳文早就问清楚了卖画的叫梅成玉,是带了妹妹寄居在临安城的,于是派婆子前去打探。婆子按照地址来到这书生家里一瞧,屋里果然有个天仙般的大美人。仆妇便按照吩咐说:"我们家夫人很喜欢先生的画,所以我家大人叫我来请先生到衙门去面谈,说还要多画几样,我也记不清楚。先生就亲自去见见我们大人吧,定银我都带来了。"梅成玉一想也好,就跟着仆妇来到刑廷衙门。

　　仆妇进去一回禀,陆炳文赶紧把成玉让到书房,态度特别恭敬,说:"先生请坐!"梅成玉心想我一个穷书生,刑廷大人怎么会对我这么谦恭?真是奇怪。坐下一谈话,陆炳文说:"先生今年多大了?"梅成玉说:"小生今生二十七岁。"陆炳文说:"听说先生家里有一位小妹,没有婆家,我给你说门亲吧。现在大理寺正卿花花太岁王大人刚没了老婆,还没有娶正室，我给你说这门亲，倒是正好。"梅成玉已经来临安住了好几个月了，早就听说王胜仙是本地的恶霸，赶紧说："小生家里太穷了，不敢高攀，大人不用分心了。"陆炳文说："先生，你先别推辞，这门亲你我都找不到。王大人可是当朝秦相爷的兄弟，他是我的老师，将来过了门，论起亲戚来，你还是我舅舅呢！"梅成玉心想我可当不起这舅舅，恐怕净挨骂，连忙说："大人放心，我领情。这件事我也不能做主，还得回去和妹子商量商量。"陆炳文说："不用商量，你不愿意也得愿意。来，拿二百两银子来，你带了去作为定礼，也不用打首饰，挑个良辰吉日就娶过来。你就回家等信吧，这件事我给你做主。"梅成玉不拿银子不行，勒令叫他拿着。梅成玉没有办法，只好拿着二百两银子回了家。

梅成玉回到家里，立刻吩咐小妹说："妹妹，你快把细软东西收拾收拾，咱俩快逃走吧。我去雇船去。"姑娘说："哟，哥哥什么事这么慌张？"梅成玉说："现在没工夫告诉你，你快收拾，我去雇船去。"说着话，从家里出来，没想到刚走到东胡同口，就看见有两个班头带着十个伙计在这里驻扎着。这些人一见梅成玉便问："梅先生你去哪里？我们奉了命令在这里把守，你要是想逃跑是不可能的，你走也可以，得把你妹妹留下。"梅成玉一听就傻了，自己想着逃跑，没想到陆炳文早派人看上了。梅成玉只好掉头往西走，到西胡同口一看，也有两位班头十个伙计看着。梅成玉一看着急了，这可怎么办呢？正在发愣，就见对面来了一个人，说："贤弟，你怎么在这里发愣？"梅成玉一看，说："表哥，你来得正好，我这里闯了大祸了。"原来这人正是探囊取物赵斌。赵斌的母亲是梅成玉的姑母,这两个人是表兄弟。赵斌一看梅成玉怕成这个样子,就问:"贤弟,出了什么事?"梅成玉说:"到我家再说。"二人一同来到梅成玉家里。赵斌问:"怎么回事?"梅成玉说:"我卖画卖出祸来了。"梅成玉就把陆炳文强行说亲的原委一一说给赵斌听。说到现在连逃跑也跑不成了,把赵斌气得眼睛一瞪,说:"好他个狗娘养的,天天抢夺穷人,现在还欺负到咱们兄弟的头上来了。我直接拿把刀去京营殿帅府,见一个杀一个,然后连王胜仙也一起宰了,让他们为非作歹欺负穷人!"梅成玉说:"兄长这可不行,你一个人哪能反了他们啊?也不想想京营殿帅有多少兵,你就算打杀上几个,万一叫人家拿住就完了。到时候姑母也没人照料,咱们还是得想个万全之策才行。"赵斌难过了半天,突然想起一个人来,说:"我有主意了。"梅成玉说:"兄长有什么好主意?"赵斌说:"我有个师父是灵隐寺的济公活佛,他老人家能掐会算,知道过去未来的事。咱们兄弟俩去请他老人家来,给咱们出个主意吧!"梅成玉说:"也好。"

二人赶紧站起身往外走。走了没多远,偏巧看见济公从他们对面"塔拉塔拉"来了。赵斌一看说:"这可真是他们活该,济公他老人家来了。"连忙跑上前去行礼说:"师父在上,弟子有礼。我正要找你老人家去。"和尚说:"赵斌你起来,不用行礼。"赵斌说:"贤弟,你过来见见,这就是我师父济公。"梅成玉一看和尚穿得破破烂烂,心里有点瞧不起他,过来给济公作了个揖。赵斌说:"师父,这是我表弟梅成玉。"和尚说:"你找我有什么事?"赵斌说:"师父,跟我到表弟家里去说吧。"和尚说:"也好。"便跟着梅成玉和赵斌来到梅成玉家里。和尚在堂屋里刚坐下,赵斌说:"师父,你大发慈悲吧,我表弟出了塌天大祸。"和尚说:"你不用说,我都知道,你们两个人快到屋里瞧瞧吧,屋里这个乱子更大!"赵斌、梅成玉一听这话觉得奇怪,连忙进到里屋一瞧,只见妹妹梅碧环姑娘上了吊了,这吓得梅成玉和赵斌浑身是汗。也是碧环命不该死,这时候刚吊上没多大工夫,梅成玉赶紧把姑娘救下来,喊了几声,姑娘悠悠转过气来,醒了。梅成玉说:"贤妹,你千万不能这样想不开,咱们亲兄妹就两个人,你要是死了,我在世上就孤零零一个人了。现在表兄把灵隐寺济公活佛请来了,他老人家一定能救咱们兄妹,贤妹你可不能再胡思乱想了。"说完,一个劲儿掉眼泪。

和尚说:"梅成玉、赵斌,你们二人出来。"赵斌说:"师父怎么办?"和尚说:"梅成玉你赶紧去到京营殿帅府去见陆炳文,你就说跟你妹妹商量好了,问他要白银千两,一头真金首饰,裙衫衬袄,要上等的海鲜酒席。让他两点的时候把这些东西送过来,今天晚上就叫他用轿子来抬人,不给这些东西,可不能把姑娘给他。"梅成玉说:"师父这话要是他都答应了,把东西给了,再拿轿子来抬人,那可怎么办啊?"和尚说:"不要紧,你只管去。他给了东西送轿子过来,自然有人上轿。"梅成玉问:"谁上轿子呀?"和尚说:"院里不是有一条白狗吗?就让它上轿子。"梅成玉说:"那哪能行呢?"和尚说:"你就别管了,我保证能行。"赵斌说:"贤弟,师父叫你去你就去,师父他老人家神通广大,让你这么做肯定有他的道理。"

梅成玉半信半疑,走了出去。来到刑廷衙门,往里面一递话,陆炳文赶紧把梅成玉请进来,让到书房,问:"先生来这里做什么?"梅成玉说:"我回家跟我妹妹一商量,她倒非常愿意。可得要一千银子,一头真金首饰,要一套裙衫衬袄,一桌上等的海鲜酒席。把这东西送过去,今天晚上就可以叫王大人拿轿子抬人。要不给我银子,那可不行。再说过门之后,他家那么有钱,我这么穷,这个亲戚也走动不了。要不给我这些东西,这件事就算了。"陆炳文一听,心里非常高兴,说:"只要你愿意,银子东西都是现成的。先生你先回去,随后我派人把银子衣服首饰酒席就送过去。"

梅成玉回到家里说:"师父,陆炳文都答应了。"和尚说:"好。"还没说上几句,就看外面有人把银子东西都送过来了。和尚说:"都摆上,咱们喝酒。"梅成玉说:"师父,一会儿轿子可就来了。"和尚说:"你先去买四个火烧,半斤咸牛肉来,我给白狗吃上轿子饭。"梅成玉立刻到外面把火烧牛肉买回来。和尚说:"家里有红头绳和胭脂粉吗?"梅成玉说:"有。"和尚说:"拿来。"立刻把四个火烧拿上,每个夹上牛肉二两。和尚说:"赵斌,你先去到钱塘关雇好一只船,预备好了。梅成玉你赶紧把家里值钱的东西收拾收拾,回头我打发白狗上轿子一走,随后赵斌你送你表弟表妹逃走。要不然白狗一现了原形,他肯定还会回来抓你。"赵斌点头答应。和尚把白狗一招手叫过来,把四个火烧给白狗吃了,白狗摇头摆尾,非常听话。和尚从花轿里拿出红头绳、白粉、两个耳坠给它拴上,又用红头绳把白狗的嘴系上，拿脂粉往狗脸上一擦，把裙衫短袄给白狗一穿，红绣鞋给白狗后爪一套，再念一声："唵嘛呢叭咪吽！"用手一抹白狗的脸，和尚说："白狗你日日夜夜为主人家看守门户，也不嫌主人穷苦，今天晚上贫僧点化你变个美人，你要帮我报应花花太岁。"经这一点化，赵斌、梅成玉再一看，白狗坐在那里，果然变成了一个千娇百媚的美人，赵斌、梅成玉二人喜出望外。赵斌先去到钱塘关把船雇好，回来就坐到那里与和尚一起开怀畅饮。喝到天黑的时候，就听外面锣鼓喧天，花轿来了。

原来陆炳文派人给梅成玉把银子等送过去后，随后他手拿美人图，坐着轿子就去了王胜仙家里。进门就说："老师大喜！"王胜仙自从火烧了合欢楼，他以为美人已经被烧死了，正怀念呢。突然听陆炳文来说大喜，就问："我喜从哪来？"陆炳文说："门生给老师找到一位美人，已经说妥了。这姑娘有自己的画像，老师您看看，跟真人没两样。"王胜仙接过美人图一看，说："世上哪有这样的美人？"陆炳文说："我都替老师办好了，她寄住青竹巷二条胡同，是梅成玉的妹妹。我们已经定好了，今天晚上就拿轿子替老师接过来，老师一看就知道了。"王胜仙本来就是酒色之徒，一听这话当然高兴，说："贤弟，你这样替我劳神，我实在是不好意思啊。"陆炳文说："只要老师能庇护我，不把官职丢了就得了。"王胜仙说："那都是小事，好办！好办！来人摆酒！"两人一边喝酒，一边准备迎亲，不一会儿工夫，就见王家张灯结彩，一顶花轿向着青竹巷二条胡同来了。和尚已经先安排好了，看花轿来到门口，和尚把门关上，叫他们吹打吹打，外面就吹打。和尚说："吹打完了，要喜包。"要了无数的喜包，和尚这才跑进来对梅成玉说："新人上轿，轿子要堵在门口忌生人。"轿夫答应着，把轿子搭到门口，和尚挽着白狗上了轿。和尚用法术治的白狗不能动弹，在轿子里安安静静坐着。一路上吹吹打打，抬着轿子来到了王胜仙家。

婆子掀帘把白狗挽下轿，王胜仙一看，果然是美人。脸蛋真白，脚底下真小。拜了天地，王胜仙非常高兴，大家坐好了，摆上成桌的酒席，让新人吃，新人不说话也不吃。这白狗，虽然瞧着是美人，他是被和尚的法术治的不能动了。瞧有一屋子的人，它气就大了，再看摆着一桌子好吃的，它也吃不到嘴里，白狗窝了一肚子火。

等到天有二更以后，陆炳文说："老师请入洞房吧，一会儿门生也要回去了，明天再来道喜。"王胜仙来到屋里一瞧，美人坐着也不说话。婆子过来给新娘脱衣服，刚解了一个扣子，把捆白狗嘴的绳子给解开了。这个时候王胜仙说："婆子你们下去吧。"婆子都退了出来。王胜仙赶过去，说："美人，你不用害羞，这是人间的大道理，你我是夫妇了。"说着话，这小子淫心已经动了，过去一搂白狗就要亲嘴。白狗正生气呢，照准王胜仙脸上一咬，把王胜仙的鼻子咬掉了。白狗也现了原形，把衣裳连咬带撕，就往外跑。王胜仙疼得满地乱滚，说："狗精！"家人吓得都跑了，也没人敢拦狗。狗跑了之后，才有人把王胜仙的鼻子头捡起来，趁着有热血给他粘上。再找陆炳文，早已经跑没影了。派人去抓梅成玉，已经只剩了一座空房子。王胜仙这件事也瞒不住了，大家都说这是陆炳文的奸计，故意陷害他。王胜仙这件事被秦相知道了，秦相勃然大怒，说："本来我兄弟就无知，陆炳文还引诱他！真是可恨！"秦相递折子参了他一本，说："陆炳文故意放走了江洋大盗窦水衡，不仅不抓紧追捕，而且任意胡为，有辱官风。"圣上旨意一下，立刻将陆炳文革职查办，永不叙用。

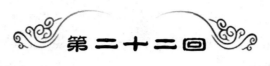

第二十二回

 治病助道元

这天，济公出了丹阳县衙，正顺大路往前走，突然看见大道旁边摆着一个条幅。上面画着一个大茶壶，有几个茶碗。边上搁着一个炉子，里面有烧饼麻花。旁边坐着一位老道，穿戴着道袍道冠，有五十来岁年纪，长得慈眉善目，留着花白胡子。这位老道姓王，叫王道元，就住在北边的一座小庙里，一起的还有两个徒弟。庙里没香火地，就指着化点小缘，在这里摆这个茶摊，赚个百儿八十钱，凑合着吃饭，师徒日子过得很是清苦。今天从早晨摆上到现在也没开张，老道坐着正发愁。和尚走过来说："辛苦辛苦！"老道一看，说："大师父来了。"和尚问："你摆这茶摊是做什么的？"老道说："卖的。"和尚说："怎么你一个出家人还做买卖呢？"老道说："唉，没法子，庙里寒苦，做个小买卖，一天也许能赚几十钱。"和尚又问："道爷贵姓？"老道说："我姓王叫道元。大师父庙在哪里？怎么称呼？"和尚说："我在干水桶胡同，毛房大院，匙痰寺，我师父叫不净，我叫好脏。我有点渴了，正想喝水，我又没有钱，我白喝你一碗行不行？"老道是一个好人，又看和尚也是出家人，再说这一整天都没开张，一碗茶也算不了什么，就说:"大师父,你喝吧。"和尚端起碗来喝了一碗,说:"这茶真是不错,我再喝一碗。"又喝了一碗,说:"道爷,我有点饿了,你把你这烧饼麻花舍给我一块吃。"老道一想:"大概和尚是饿急了,不然他也不能跟我张嘴要。"于是说:"大师父,咱俩算是有缘,你吃一套吧,我不要你钱。"和尚说:"那敢情好。"拿起来就吃,吃完了一套,和尚说:"道爷,我再吃一套吧。"老道也不好说不让吃,只得说:"吃吧。"和尚又吃了一套。吃完了,和尚说:"这倒不错,饿了吃,渴了喝,我就不走了,我今天去你到庙里住一晚上行不行?"王道元说:"没什么不行的,反正我也要收摊了。"和尚说:"我帮你江板凳端茶碗。"老道以往搬东西有个习惯,就是拿回去的家伙会放在小庙里间固定的地方。就看济公帮忙把东西拿进云以后,把茶壶什么的都放在了平常老道摆放的位子上,一点都没差。老道心想:"这和尚还真是奇怪。"两个道童说:"师父,有粥了。"老道要喝粥,心想有客人在哪能不让呢? 就说:"和尚,你喝粥吧。"和尚说:"那敢情好。"自己端起碗来就喝。小道童虽然心里有些不大愿意,也没好意思说出来。吃完了粥,和尚就在这里住下了。

第二天早上起来,王道元说:"和尚,你跟我去领馒头领钱去。"和尚问:"上哪领去?"老道说:"在这北边有个赵家庄,村里住着一位赵好善,每逢初一、十五斋僧布道,一个人给一个馒头,给一百钱,你也去领一份,好不好?"和尚说:"好。这位赵善人为什么斋僧布道呢?"王道元说:"唉,别提了,赵好善有一个儿子,今年十一二岁,以前念书说话都很聪明伶俐。

就在前半年，没病没灾的这孩子忽然就哑了，你说这事奇怪不？按道理说赵好善是个大好人，在这边也算得上是首富了，平常乡里乡亲有穷困的、遇到难事的赵家都是有求必应，冬天施舍棉衣，夏天分放药水，是绝好的人。按说这样的好人不应该遭这样的恶报，真是上天无眼，居然叫他的孩子哑了。现在赵善人就是为了积福积德才斋僧布道，只为他儿子能够早点好。只可惜本地的名医都请遍了，就是治不好。"和尚说："既然是这样，那我跟你去。"老道是好人，看和尚比自己还穷，就想叫和尚跟自己去领个馒头吃，还能得一百钱。他自然不知道罗汉爷的来历。

老道与和尚一起从庙里出来，直接去赵家庄。来到赵宅门口一看，人家早就分完了。王道元知道就算他们来晚了赶不上，门房也会给他师徒留出三份来。他在这个小庙里住了许多年了，赵府的人都认识王道元。今天老道同和尚来到赵宅一敲门，门房管家出来一看是老道来了，就说："道爷，你来晚了，我们给你留下来了。"王道元说："真是劳你们费心了，这里还有一位和尚，求管家大爷多给拿一份吧。"管家说："可以。"立刻从里面拿出四个馒头加四百钱出来，递给和尚一个馒头，一百钱，回头递给老道三份。和尚说："我是一个人，他也是一个人，怎么给他三份，给我一份？"管家说："他庙里还有两个徒弟，所以才给他三份。"和尚说："我们庙里连我共十个和尚，庙里还有两个徒弟，也给我十份吧。"管家说："那不行，你说庙里有十个和尚，谁知道呢？王道爷的庙离我们这里近，我们家里人都知道他庙里有两个徒弟。你的庙在哪里？"

"我是一个人，他也是一个人，怎么给他三份，给我一份？"

和尚说:"我的庙远点。"管家说:"你一个人跑这么远单单是为了化缘来了吗?"和尚说:"我倒不是单为化缘来的,你们村里有人请我来治病,我来了也没找着这个人。"管家说:"你还会瞧病吗?"和尚说:"会。内科外科,大小方脉都能瞧,专治哑巴。"管家一听说:"这话当真吗?"和尚说:"当真。"管家说:"你要真能治哑巴,我到里面回禀我们庄主去,我们家公子爷是哑巴,你要能给治好了,我们庄主肯定会重谢你。"和尚说:"你去回禀吧。"管家立刻转身进去。王道元说:"和尚,你当真会治哑巴吗?"和尚说:"没什么难的,先混一顿饭吃再说。"王道元一想:"这倒不错,昨天在我庙里蒙我一顿粥吃,今天又来蒙人家。"正在想,管家出来说:"我家庄主有请。"和尚说:"道爷跟我进去。"老道也不好不跟着,就与和尚一起进了大门。迎面是影壁,两边是四扇屏风,开着两扇,关着两扇,贴着四个斗方,上面写着"斋庄中正"四个大字。靠近屏风是南侧的坐房五间,有两道垂户门,东西各有两间配房。管家打开坐厅房的帘子,将僧道二人请到屋里,是两明两暗,迎面一张俏头案,前头是一张八仙桌,两边有太师椅。屋里的摆设,一律都是花梨紫檀楠木雕刻的桌椅。墙上挂着名人字画,条幅对联,工笔写意花卉翎毛,桌上摆着的都是商彝周鼎秦砖汉玉,上谱的古玩,家里装饰得非常气派。和尚和道长坐好,管家端过茶来,没过多大工夫,就听见外面有脚步声。管家说:"我家庄主来了。"说着话,只见帘子掀起,从外面进来一位老年人,有五十来岁,穿着蓝绸子长衫,白袜云鞋,长得慈眉善目,留着花白胡须,非常精神,进来一抱拳说:"大师父、道爷请坐。"和尚说:"请坐请坐,尊驾就是赵善人吗?"老头说:"岂敢,岂敢,小老儿姓赵。刚才听家人说大师父会治哑巴,我跟前有一个小儿子,今年十二,以前很聪明,半年前开始无缘无故就哑巴了,也不知道是怎么一回事。大师父要是能给治好了,老汉定有回报。"和尚说:"那容易,你把小孩叫来让我瞧瞧。"

赵员外立刻吩咐去叫公子,不一会儿,管家将小孩带了进来。和尚一看,小孩子长得眉清目秀,很招人喜欢。赵员外说:"你过去让师父瞧瞧。"和尚把小孩拉过来说:"我瞧你长得倒挺好,无缘无故你怎么就哑巴了?我和尚越看越来气。"说着话,照小孩就是一个嘴巴子,打得小孩掉头就往外跑。赵员外一看急了,本来就这么一个哑巴儿子,要是再被和尚吓着了,就更不得了了。正要责怪和尚,没想到这小孩子跑到院里,一张嘴就"哇"地哭了,说:"好和尚,我没招你没惹你,你干吗打我?"赵员外一听乐了,这可真是奇怪,半年多说不出话来,倒被和尚一巴掌打好了。赵员外赶紧上前给和尚行礼,说:"圣僧真是佛法无边,我还没领教宝刹在哪里?圣僧怎么称呼?"和尚说:"赵善人既然问了,我就是西湖灵隐寺的济癫和尚。"赵员外一听,说:"就是说啊,原来是济公长老,小老儿我实在不知是您来了。"王道元在旁边一听也愣了,这才明白过来,说:"原来是圣僧来了,小道失敬了。"赵善人招呼儿子进来,吩咐他快给圣僧磕头,小孩走到近前给和尚行了礼。赵员外说:"儿呀,我问你,因为什么你忽然就哑巴了?"小孩说:"我那一天到花园里去玩耍,瞧见楼上有一个老头和两个姑娘，我都不认识。我问，你们是从哪来的？他们也不知怎么的用手一指我，我就说不出话来了。"赵员外说："这是怎么回事？"和尚说："一定是你这花园里楼上住着狐仙，他冲撞狐仙了。现在他虽然好了，恐怕还会有反复。我和尚今天晚上把狐仙请出来，劝他叫他走，省得他在你家里住着，说不准什么时候婆子丫鬟哪时冲撞着他了，也不好。"赵员外说："圣僧这么慈悲就更好了。"赶紧吩咐家人，立刻去收拾桌子，摆放餐具，过一会儿酒菜也摆上。老员外心里格外高兴，立刻拿酒壶给和尚、老道斟酒，一起开怀畅饮。吃完了早饭，赵员外陪着和尚、王道元谈话。晚半天又预备上等海鲜酒席，和尚说："老员外，叫管家预备一份香烛纸马，回头在后面花园子摆上桌子，我去请狐仙。"老员外吩咐叫家人照样预备，一边陪着两位喝酒吃菜。和尚大把抓菜，满脸抹油。吃完了晚饭，差不多天有初鼓以后，和尚问："东西都预备齐了没有？"家人说："早预备齐了。"和尚说："道爷你也一起来。"王道元点头答应。

赵员外叫家人举上灯光，一同和和尚来到后面花园。众人在旁边站着看，和尚查点了一下果案香烛五供都预备齐了，就过去把烛点着，香烧上，和尚口中说道："我不是别人，我是西湖灵隐寺的济癫僧。"然后喊道："狐仙不到，等待何时？"连喊了两遍。大家眼瞧着楼门一开，走出来一位年迈的老人，头发胡子都白了。赵员外一看愣住了，因为知道这楼上从来没有人住过，这下亲眼看见有人从楼里走了出来，觉得非常奇怪。就见这老丈冲着和尚一抱拳说："圣僧呼唤我有什么事?"和尚说:"你既然是修道的人,就应该找深山僻静的地方参修暗炼,为什么在这尘世上住着呢?再说本家赵员外,他是个大善人,你又何必跟他这样的凡夫俗子作对呢?"老头说:"圣僧你不知道,都是因为他的那些丫鬟婆子常糟蹋我这地方。弟子并不是在他家里胡闹,无非是借住一段时间。"和尚说:"我知道,不过要是依我,你还是到深山老林里去隐修倒更好。"老头说:"既然是圣僧的吩咐,弟子一定遵命。"和尚说:"就这样吧。"

　　狐仙这才转身进去,和尚也同大伙一起回到前院。赵员外说:"圣僧这么慈悲,把小儿子的病治好了,小老儿我实在是感恩不尽。明天我送给圣僧几千两银子,替我烧烧香吧。"和尚说:"我不要银子,你把你的地给王道元两顷,让他做香火地就行了。他庙里太穷苦,你给他就算是给我了。"赵员外说:"圣僧既然吩咐了,弟子一定照办。"王道元一听乐了,赶紧谢过和尚,自己也没想到两碗粥居然换出两顷地来,老道自然是千恩万谢。第二天和尚告辞,赵员外送出大门,王道元也要告辞回庙,于是在大门外与和尚拱手作别,两人分头走了。

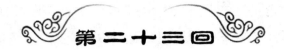

第二十三回

夜探葵花庄

　　济公在李涵凌等的帮助下除了八魔之后，善心大发，要帮助金山寺的住持募些银两重修金山寺。消息一传出来，附近的乡绅官僚纷纷走动起来，有钱的出钱，有物的出物，好不热闹。这附近海潮县的张县令也让女儿带了五百两银子送到金山寺来。张姑娘带着家人送了银两，拜了佛祖便往回赶。走到江上忽然一阵阴风，人全没了，就剩了会点功夫的保镖安天寿。安天寿一看小姐没了，自己也不好回去交差，便四处寻找。找到江边的小村叫做葵花庄的地方，安天寿也饿了，顺便进了一家酒馆，坐了下来。这葵花庄的庄主就是秦相的儿子秦魁，平日里秦魁在这里为非作歹，强抢民女，无恶不作，附近的百姓都怕得不行。安天寿也没多想，坐下就吃。正吃着，就听两个官差模样的人你一言我一语地说醉话，一个说："二哥，咱们庄主不是说每人赏二两银子吗？怎么又不给了？"另一个说："庄主说话没准，说过了就忘了，也许明天赏，今天只顾喝喜酒了。"掌柜的问："你们庄主有什么喜事啊？"这个说："今天我们庄主的叔叔王胜仙大人来了，说上金山寺去烧香，因为一个美人被镇江府知府打了四十大板。他来找我们庄主派人去把这个美人抓来了,今天总算是有件喜事。"另一个说:"你别说了,这事哪能在外面说呢!"这个说:"不要紧,在这里谁敢坏咱们庄主的事?"旁边安天寿听得明白,知道抓去的美人一定就是自家的小姐。心想,不管怎样我得救小姐出来。想完,饭也不吃了,站起来就走。

安天寿一路探查,来到了秦魁家院里。借着轻功,安天寿挨个房间查看。走到一间门外,看灯光很亮,安天寿在暗中一瞧,正面坐着穿大红袍的正是王胜仙,边上有个浪荡公子的打扮,应该是秦魁,下位还有个花白胡子的老道,三个人正在里面喝酒。就听老道说:"王大人,依我说,你先别跟她入洞房,叫婆子们好好劝劝,让她自己答应了最好。这事万一叫济癫知道了可不好,我也不是怕他,就是传出去了名声不好。"王胜仙说:"济癫来了也没事,他是我哥哥的替僧,按交情他不能管我的事。他要是敢管,道爷只管把他杀了,有事我顶着。最可恨的就是镇江府的赵翰章,他竟敢打我四十大板子,这个仇我非报不可!"安天寿一听,心想我先救我家小姐要紧,要是我家小姐有点差错,我拿什么脸去见我家老爷?想完又挨间房查看。走到北正房东里间,忽然听到有人在哭。把窗户戳开一看,里面坐的正是小姐。边上几个婆子正在你一言我一语地劝小姐从了王胜仙。安天寿一听把肺都气炸了。有心进去杀了她们,又怕吓着小姐。心想,干脆叫出来杀。便说:"老姐姐们出来,庄主让我来问问劝得怎么样了?"立刻出来了两个仆妇,安天寿一刀一个杀了,里面的人听到声音往外走,正要问,也被安天寿杀了。安天寿进到屋里正要救小姐，没想到一抬头，小姐不见了。正在纳闷呢，忽然听到有人大喊"拿贼"！

　　原来王胜仙被镇江知府打了后非常恼火，直接就找秦魁来了。秦魁一听叔叔来了，急忙出来迎接。王胜仙进屋一看，里面还坐着一位老道。王胜仙就问这道爷是谁？秦魁说："这是我师父混天老祖，正教我炼金钟罩铁布衫。"这个老道不仅会妖法，而且会配制迷药，专门祸害妇女。秦魁爱炼法术，更是色鬼，所以把老道敬为上宾。立刻就给王胜仙介绍说："我师父他呼风唤雨，搬山倒海什么都会，本事可大了。"王胜仙一听高兴了。秦魁问："叔叔今天从哪来？"王胜仙说："别提了，我原来想去金山寺烧香，碰到一个美人。我到她船上去搭话，没想到她船上有个能耐的，直接把我踢到江里了。正被镇江府知府赶上，应说我是假冒的王胜仙，打了我四十大板。我这个气啊，美人也没弄到手。"旁边道士一听，说："这点小事交给我吧，我施法术把她给你带过来。"说完老道出了葵花庄。等到海潮县这只船来了，老道一念咒语，立刻一阵狂风大作。老道将婆子丫鬟杀死，用迷魂掌找准小姐天灵盖就是一下，小姐糊里糊涂就跟着老道回来了。待小姐明白过来，就交给婆子劝解。

　　王胜仙一看美人抓回来了非常高兴，三个人摆上酒席庆祝。喝到高兴了，老道说："王大人如果今晚一定要入洞房，也不用管她答应不答应。我给你点药给她吃了，保准她情愿。王胜仙乐得不得了，赶紧派家人去问婆子劝得怎么样。家人来到院里刚要说话，忽然看到四个婆子被杀了。连忙跑到大厅说："可了不得了,那院里四个婆子全被杀了,有个人进了屋。秦魁一听,抓紧叫护院抓贼,别放贼走了。安天寿在屋里一找小姐没有了,找了半天,刚一转身,就听一声喊嚷："好贼,你忙哪跑?"安天寿一看,来人三角眼,鸡鼻子,两腮一点肉也没有,手里拿着一条花枪,这人正是贼人鸡鸣鬼全得亮。后面还有一个人,满脸斑,眼睛凶巴巴的,一脸怪肉,是造月鹏程志远。安天寿见小姐没了真急了,一顺手里的刀说："贼人,你们用什么妖术邪法把我家小姐抢来的?今天安大爷把你们全灭了。"全得亮赶上前,用花枪扎安天寿的咽喉。安天寿用手往外一拨,挑了出去。程智远摆刀过来帮忙,边上一堆恶奴拿着火把呐喊助威。安天寿一看人多势众,打算要走。正好老道赶到,一看全得亮、程智远不是安天寿的对手,老道说："两位闪开,让我来拿他!"全得亮二人往两边一闪,老道说声"敕令",用手一指,将安天寿定住了。程智远过来要杀,老道说："别杀,先捆上待会审问审问。"家人七手八脚把他绑上,拖着来到大厅。王胜仙、秦魁等往前一坐,老道问："你叫什么?来这里做什么?如实交代!"安天寿把眼一瞪,说："你家大爷叫安天寿,绰号人称独角蛟,是海潮县三班都头。就因为你们施展妖术抢了我家小姐,我才会过来搭救。今天大爷被你们拿住,要杀就杀。"秦魁说："祖师爷问这么多干什么,杀了就完了。"刚说完,就听后面有人吵闹。一个婆子慌慌张张跑来说："不好了,后宅闹鬼了,姨奶奶们都吓死了,快去看看吧!"全得亮、程智远说："这一定是绿林人装神弄鬼。"秦魁立刻叫两个家人在大厅里看守安天寿,自己跟王胜仙,老道他们一起去后院。

到了一看,众姨奶奶们果然都死过去了。老道给了药喂下去,一会儿都醒过来了。说看见外面有个大鬼,身高有一丈,五色脸的大脑袋,冲着我们一晃,吓得我们全糊涂了,也不知这鬼哪里去了。秦魁一听气得"哇啦哇啦"乱叫,说:"好鬼,胆敢搅得我家宅不安,你们抓紧去找,找着把他碎尸万段。"众家人点上灯笼各处寻找,前后院都找遍了,也没找着。秦魁一生气就站在院里大骂:"好鬼,吓坏我的爱妾。"没想到英雄侠义,就是听不得别人骂,忽然房上有个声音传下来:"好孙子,你先别骂,你爷爷我不是鬼。都是你们强抢民女,兴妖作乱,我才来结果你们的性命。"说完跳下两个人来,都是壮士打扮,威风凛凛的,正是雷鸣和陈亮。原来他们二人听说金山寺济公在办香火会,特地揣了银子来捧场来了。两人到了跑前跑后的帮忙,被济公叫到了一边,说:"你们二人帮我办点事。"雷鸣、陈亮说:"师父有什么吩咐?"济公就把张小姐被抓,安天寿去营救的事说给他们听,让他们去葵花庄帮忙,再三叮嘱说:"你们只要把人救出来,可千万别招惹秦魁他们,那里有个老道很厉害,你们不是他的对手。"说完,这两个人便立即动身,坐船来到了葵花庄。两人趴在房上,眼瞅着安天寿杀了四个婆子,本想去救小姐,又怕男女授受不亲,正犹豫,就听安天寿大喊一声:"小姐哪里去了?"雷鸣、陈亮一想:"这是什么人,走在我们头里。"赶紧就追,一直追出庄子也没赶上。两人又回来,正赶上老道他们在大厅里审安天寿。雷鸣说:"咱俩要不救他,他准得死在魁霸手上,咱们使调虎离山计救他。"两人便到后院装鬼，看到婆子跑到前院把秦魁他们都找过来，雷鸣和陈亮赶紧去前院搭救安天寿。到了一看，见两个家人已经被人杀死，安天寿也没影了。两人正在发愣，忽然就听到秦魁在后院大骂。这一骂把雷鸣惹恼了，当时答了话就跳了下来。陈亮也跟着下来。全得亮、程智远上来就砍，雷鸣、陈亮马上迎上去，四个人打在一起。几个回合下来，全得亮和程智远只剩了招架的份，一点还手的力气都没了。老道说："好小辈，放着天堂有路你不走，地狱无门自找寻，真是来送死，看山人我结果你的性命。"说着话，用手一指，一声"敕令"，用定神法将雷鸣、陈亮定住。

秦魁吩咐将二人绑好了，拉到大厅一看，两个家人被杀，安天寿也没了，顿时气得脸色发青。回头便问："你们姓什么叫什么？为什么到我家里来胡闹？"雷鸣、陈亮说："大爷行不更名，住不改姓，我叫雷鸣，人称风里云烟，他叫圣手白猿陈亮。就因为你们抢了来烧香的小姐，我们奉师父济公长老的命令来救她。"秦魁一听，济公是我父亲的替僧，这件事要声张出去，说我抢夺良家妇女，让我父亲知道了，肯定不能饶我。这俩人要是送官，我家里六条人命也说不清。秦魁就说："既然是济公叫你们两个来的，我跟他没冤没仇，你们为什么杀了我的婆子家人？"雷鸣说："你要问谁杀的人，我们不知道。"秦魁说："大概这么问你们也不说，来人，吊起来打！"家人答应着，正要打雷鸣、陈亮，忽然听到后宅大乱，家人喊："可了不得了，内宅着火了！"秦魁他们一听，吓得魂都掉了，连忙往后跑。幸亏家人多，把火扑灭了。气得秦魁"哇啦哇啦"乱叫。再到前面一看，雷鸣、陈亮也不见了。天也快亮了，秦魁说："你们快给我追放火的人！"家人们一同冲出院子，往村头跑。刚出村，就看见对面济公带着镇江府的几个班头来了。老道看见济公分外眼红，原来这个老道以前因为做尽了恶事，曾经被济公抓住过。后来逃到秦魁这里，自称混天老祖，继续兴妖作怪。今天一早，济公腾出空来，特地带了几个班头来抓老道。老道看到济公来了，正要动手，被济公用手一指，念一句："唵呢嘛叭咪吽。"老道便不能动弹了。济公派官人把他捆上。秦魁一见不好，逃回家里，闭门不出。王胜仙连急带吓，回去就病了。每天都看见有无数的冤鬼在床前要命，病了有一个多月，死了。这消息在临安城里一传开，大家都拍手称快，说王胜仙早就该死。

单说这边济公抓住了妖道，见秦魁逃走了也没追。就见对面来了几个人，其中就有安天寿、雷鸣和陈亮。原来雷鸣、陈亮使调虎离山计，刚把秦魁等引到后院，就见墙上跳下一人，手执钢刀，先把安天寿解开说："跟我来，我特意来救你。"说完窜上房去。安天寿说："恩公慢走，我还要救我家小姐。"那人说："小姐已经被我救上船了，你到外面等我，我再看看葵花庄里是谁在用调虎离山计。"说完翻身进了院里，正看见雷、陈被抓住。他到内宅放了一把火，趁着大家去救火的工夫，把雷鸣和陈亮救了出来。到了外边一会合，大家互道姓名。那人说："我姓彭名恒，江北黑狼山彭家集的人，人称八臂膀飞行太保九杰彭恒。我来寻访我师父叶德芳，走到这里，听人说葵花庄里险恶无常，没人敢惹，欺压良善、无所不为,我想杀了这些恶人,搅得他家鸡犬不宁。没想到了那里,正碰上安天寿在那搭救一位姑娘。我一见动了恻隐之心,把小姐救了出来,送到船上,一问才知道是张小姐。再回来想将他满门杀光,没想到正碰到雷、陈使调虎离山计救安天寿,我就顺便把安兄救了出来;再回去一看,雷、陈两位被抓了,我放火把他们调开,将二位救了出来。"说完,四人来到船上,正看到张小姐要寻死,丫鬟婆子终于给劝好了。

安天寿正打算先行船送小姐回家,突然听到北面吵闹声响成一片。大家赶出来一瞧,原来是济公捉了妖道,秦魁逃走了。四人赶紧出来拜见济公。济公吩咐雷鸣、陈亮到金山寺帮忙,安天寿谢过济公等,带小姐回去了,彭恒也告辞离开。济公回到镇江府衙,亲眼看着将妖道就地正法。所有的事情都办完了,济公带上酒壶,又周游四方去了。